IGCSE 0523 & IBDP Chinese B SL

FUTURE

Coursebook **1**

展望

吳 星 華

編 著

掃描二維碼或登錄網站 www.jpchinese.org/future1 聆聽錄音、下載參考答案。

Scan the QR code or log in to listen to the recording, and download the reference answer.

Preface
前 言

《展望》是一套為有一定中文基礎的學習者編寫的國際中文教材,主要適合學習 IGCSE 中文作為第二語言(0523)和 IBDP 中文 B 普通課程(SL)的學生使用。

本套教材共兩冊,旨在通過對相關主題和語言文本的學習,培養學生的語言能力、概念性理解能力,加強學生對中華文化的認識和對多元文化的理解。通過學習本書,發展學生的接受技能、表達技能和互動交流技能。

Future is a set of international Chinese coursebooks written for learners with a certain Chinese foundation. It is chiefly applicable for students who are learning IGCSE Chinese as a Second Language (0523) and IBDP Chinese B Standard Level (SL) courses.

The set of coursebooks includes two volumes, aimming at enhancing language skills, conceptual understanding, and strengthening students' perception of Chinese culture and multi-culture through the study of related topics and texts. Moreover, students' receptive skills, expression skills and communication skills will be developed by studying the series of books.

教材特色 Coursebook Features

學習目標

明確每課聽、説、讀、寫的具體學習目標,全面培養四項技能。

Clarify the specific goals of listening, speaking, reading and writing in each lesson, then cultivate them comprehensively.

課文

緊扣 IGCSE 0523 和 IBDP 中文 B 的新大綱,題材豐富,體裁多樣。

Texts are closely aligned with the latest test syllabus of IGCSE 0523 and IBDP Chinese B courses with various perspectives and text types.

生詞短語

選取了使用頻率高、交際性強的詞語,符合學生的實際需要。

Vacabulary selected is high frequently used and practical communicative which meets students' needs.

文化提示

選取典型的中國文化現象加以説明，加強學生對中華文化的感知與理解。

Explain the typical phenomena of Chinese culture to reinforce the students' perception and understanding on Chinese culture.

課文理解

針對課文內容提出相應的問題，考察學生對課文的理解程度。

Inspect students' comprehension level of the text by asking students the corresponding questions.

概念與拓展理解

結合課文，基於概念提出拓展問題，培養學生的概念性理解能力。

Students are able to learn conceptual comprehension skills by answering the extended questions based on the concepts in the text.

語法重點

重視語法，對語法點進行了細緻的講解。

Detailed explanations on grammar points are included.

語言練習

設計了豐富的語言練習，以鞏固所學內容，考察學生對語言知識的掌握情況。

A variety of language exercises are designed to reinforce what students have learned, and inspect how much they have learned.

口語訓練

提供 IGCSE 0523 和 IBDP 中文 B SL 考試的口語材料和口試技巧，培養學生在特定語境下互動交流的能力。

Oral presentation materials and skills related to IGCSE 0523 and IBDP Chinese B SL are provided to help students improve the ability on interaction and communication in particular contexts.

閱讀訓練 Reading Tasks

提供 IGCSE 0523 和 IBDP 中文 B SL 考試的閱讀材料、練習題目和閱讀技巧，培養學生理解不同類型文本的能力。

Reading materials, exercises, and skills related to IGCSE 0523 and IBDP Chinese B SL are provided to cultivate students' abilities to comprehend different types of texts.

聽力訓練

提供 IGCSE 0523 和 IBDP 中文 B SL 考試的聽力材料、練習題目和聽力技巧，培養學生的中文聆聽能力。

Listening materials, exercises, and skills related to IGCSE 0523 and IBDP Chinese B SL are provided to cultivate students' listening ability.

寫作訓練

覆蓋 IGCSE 0523 和 IBDP 中文 B SL 考試的所有寫作文本格式，提供寫作技巧，指導學生針對不同的目的進行寫作。結合不同的文本類型、語體和語氣，培養學生的概念性理解能力。

In accordance with all the writing formats of the IGCSE 0523 and IBDP Chinese B SL, the coursebooks contain the skills and techniques to guide students to write articles on various themes. By combining different types of text, styles, and tones, students will improve their conceptual understanding abilities.

錄音

掃描二維碼或登錄網站 www.jpchinese.org/future1 聆聽錄音、下載參考答案。

Scan the QR code or log in to listen to the recording, and download the reference answer.

Scope and sequence

Contents 目錄

Scope and sequence

單元	課	章節	內容	語言點	技巧	寫作法	文體	文化
Unit 1 My personal world 個人世界	Lesson 1 School life 校園生活	課文一	開學第一天 P8	時間副詞：才、就				早操和眼保健操
		課文二	迎新活動 P14	鐘點的表達				
		閱讀訓練一	中學生申請表 P19		根據上下文推測詞語的意思			
		閱讀訓練二	同伴壓力 P21		瀏覽式閱讀法	如何寫日記	日記	語言的地域性
		聽力訓練一	校園生活 P24		詞彙表達的地域差異			
		聽力訓練二	逃學王變學霸 P24					
		口語訓練一			口頭表達的思路			
		口語訓練二			口頭表達的重點			
	Lesson 2 Youth life 青年生活	課文一	樹立正確的價值觀 P30	並列關係複句				
		課文二	友情 P36	程度補語				
		閱讀訓練一	如何應對中學生網癮問題 P42		通過標題了解段落主要內容			
		閱讀訓練二	亞文化——漫畫 P44		通過關鍵句，找出段落大意	如何寫好演講稿	演講稿	馬雲
		聽力訓練一	青年生活 P46		如何做聽力簡答題			
		聽力訓練二	Z世代青年 P47					
		口語訓練一			如何選擇主題			
		口語訓練二			口頭表達的習慣			
	Lesson 3 Home life 家庭生活	課文一	給孩子的一封信 P52	把字句				
		課文二	建立良好的親子關係 P59	正反疑問句				
		閱讀訓練一	問答卷 P66		理解題目			
		閱讀訓練二	回家的感覺真好 P68			如何寫好書信	書信	孝順
		聽力訓練一	家庭生活 P72		通過關鍵詞語抓住觀點			
		聽力訓練二	我該怎麼辦 P72		如何回答問題			
		口語訓練一			採用分論點支持觀點			
		口語訓練二						

Scope and sequence

單元	課	章節	內容	語言點	技巧	寫作法	文體	文化
Unit 2 Our world 我們的世界	Lesson 4 The evolution of language 語言的演變	課文一	中文難學嗎 P82	動詞＋一下				
		課文二	請求關注校園網絡用語問題 P89	人稱代詞				
		閱讀訓練一	為什麼要簡化漢字 P95		略讀法			
		閱讀訓練二	網絡語言 P97			片段式結構	介紹性文章	文字的由來和演變
		聽力訓練一	學中文 P99					
		聽力訓練二	中國人為什麼使用漢字 P99		如何抓住事物的特點			
		口語訓練一			如何談感受			
		口語訓練二			如何讓口頭表達更生動			
	Lesson 5 Language and identity 語言與身份認同	課文一	中文真難學 P105	結構助詞：的、地、得	通讀法			
		課文二	留住逝去的方言 P113	動詞重疊				
		閱讀訓練一	全球漢語熱 P120		了解段落之間的並列結構			
		閱讀訓練二	世界將語日嘉年華 P122			如何寫好電子郵件的開頭	電子郵件	漢語水平考試、打招呼
		聽力訓練一	語言與歧視 P124		根據熟語判斷觀點			
		聽力訓練二	如何在中國學標準的普通話 P125					
		口語訓練一			如何聽設問問題			
		口語訓練二			如何聽懂反問問題			
	Lesson 6 Communication and media 交流與媒體	課文一	廣告宣傳的作用 P130	數量詞				
		課文二	如何讓廣告更有吸引力 P137	指示代詞				
		閱讀訓練一	世界各國如何應對假新聞 P143			如何寫好議論文	論文	／
		閱讀訓練二	真心餡餅禮盒 P145		區分廣告中的事實信息和宣傳用語			
		聽力訓練一	講華語運動 P147		如何聽新聞			
		聽力訓練二	老人花錢買不適 P148					
		口語訓練一			如何針對事件發表看法			
		口語訓練二			如何根據圖片有條理地發表看法			

Scope and sequence

單元	課	章節	內容	語言點	技巧	寫作法	文體	文化
Unit 3 The world around us 同一個世界	Lesson 7 Famous places 風景名勝	課文一	600歲的故宮 P158	目的複句				
		課文二	台灣日月潭的由來 P164	形容詞重疊				
		閱讀訓練一	建築與水 P170		如何對文章進行細讀	前後照應法	論壇	故宮
		閱讀訓練二	香港的風景名勝 P172					
		聽力訓練一	長城的守護人 P174		如何輕鬆聽出數字			
		聽力訓練二	風景名勝現狀 P175					
		口語訓練一			如何描述景物			
		口語訓練二			如何解説景點			
	Lesson 8 Travel 旅行	課文一	北京自助遊 P180	方位名詞				
		課文二	台灣生態旅遊 P187	動量詞				
		閱讀訓練一	休閒旅遊吧 P192		通讀法			
		閱讀訓練二	新加坡美食旅遊 P194					
		聽力訓練一	文明旅遊 P196		抓關鍵詞，聽懂隱含意思	總分總的介紹方法	博客	胡同
		聽力訓練二	旅行新方式 P198					
		口語訓練一			如何介紹旅行經歷			
		口語訓練二			如何具體説明景物的基本特點			
	Lesson 9 Urban and rural life 城鄉生活	課文一	城市讓生活更美好 P204	條件關係複句				
		課文二	城市好還是農村好 P211	比字句				
		閱讀訓練一	城市生活的壓力 P217		如何提高閱讀速度	如何寫好訪談稿	訪談	中國的農村
		閱讀訓練二	農村生活面臨的問題 P220					
		聽力訓練一	我喜歡農村生活 P223					
		聽力訓練二	在城市生活，我失去了什麼 P223		抓關鍵詞語，領悟情感			
		口語訓練一			如何讓回答更具體			
		口語訓練二			通過比較，説明事物的特點			

My personal world
個人世界

Unit

1

School life

校 園 生 活

 導 入 Introduction

校園生活豐富多彩，每天都會發生很多有趣的故事。這一單元將帶領大家走進校園生活，探索學生的內心世界，熟悉學校的各種設施，了解學校各項規章制度，學會如何和同學相處，以及明白互相尊重、互幫互助的重要性。

School life is full of variety with lots of interesting things ongoing every day. In this unit, you will get to know the school life, explore the inner world of a student, be familiar with the various facilities in school, learn different kinds of rules and regulations, and know how to get along with your classmates, at last, realize the importance of mutual respect and help.

學習目標 Learning Targets

閱讀 Reading

- 利用上下文來推測詞語的大概意思。
  Ascertain the meanings of words based on the context.

- 能通過 "瀏覽式閱讀法" 掌握文章大意。
  Understand the main ideas of an article through the reading method "browsing".

口語 Speaking

- 能根據主題聯繫個人經歷做口頭表達。
  Make an oral expression with your personal experiences that related to a theme.

- 能根據圖片表明自己的論點和看法。
  Present your points of view according to pictures.

聽力 Listening

- 能聽出不同背景的説話者在表達上的差異。
  Distinguish the differences in dialogues among the speakers with different backgrounds.

寫作 Writing

- 學會用日記記錄生活中的所見所聞。
  Learn to record your daily life in a diary.

生詞短語

fān lái fù qù
翻來覆去
toss and turn

xué bà
學霸 straight A student

cán kuì
慚愧 ashamed

miàn kǒng
面孔 face

xìng gāo cǎi liè
興高采烈 cheerful

pēng pēng
怦怦 thump

hòu huǐ
後悔 regret

máng lù
忙碌 busy

yìng fu
應付 deal with

kǒu yīn
口音 accent

hōng táng dà xiào
哄堂大笑
burst into laughter

fáng huǒ yǎn xí
防火演習 fire drill

zhǐ huī
指揮 command

tuō lí
脫離 break away from

liáng hǎo de kāi shǐ shì
良好的開始，是
chéng gōng de yī bàn
成功的一半。
Well begun is half done.

dú lì
獨立 independent

qī dài
期待 expect

2021 年 1 月 11 日　　　　　星期一　　　　　陰

　　今天是開學的第一天。

　　昨晚，我躺在床上翻來覆去，到半夜兩點才睡著。放假兩個月，我在家裏都快待不住了。一想到馬上就要和同學見面，我心裏既緊張又興奮。我聽說教我們班中文的老師很嚴厲，我又不是什麼學霸，中文成績也不太好，心裏有點兒不安和慚愧。

　　我今天一大早六點半就到學校了。到了校門口，看到了好久不見的學校、教室、餐廳，還有很多熟悉的面孔。校長和老師們都在校門口親切地迎接我們，我的心情一下好起來了。當我衝到教室門口，發現很多同學都已經在教室裏了。他們正興高采烈地談論著自己的假期生活。一見到我，大家就抱在一起，大聲叫喊著，高興極了！

　　上課鈴聲響了，班主任走進了教室。不看不知道，一看

嚇一跳。他就是大家所說的那個非常嚴屬的中文老師。我的心怦怦地跳了起來，真後悔以前沒有好好學中文。而且，新的學年我們有很多新的科目要學，怎麼辦呀？聽說還有很多功課和活動，每天還要做早操和眼保健操。這麼多事情要做，難怪大家都說新學期校園生活會十分忙碌。我真擔心自己應付不了。我最害怕的事情發生了。那個嚴屬的班主任說的普通話有北京口音，我聽不太懂。我覺得還是新加坡的華文老師說的華語更好聽，有點兒像台灣的"國語"。真搞不懂班主任為什麼每個詞都要加個"兒"。我也試著學他說話，"老師好兒，我是新生兒。"同學們都哄堂大笑，我也跟著笑起來。

學校還安排了一場防火演習。在演習中，老師指揮同學們衝出教室，我也安全地脫離了"危險"。

良好的開始，是成功的一半。我覺得我應該對自己有信心，慢慢學會獨立生活。儘管新學期的學習任務加重了，但是我要從現在就開始努力學習，順利完成我的學習目標。我對新的校園生活充滿期待，而此時的心情也慢慢放鬆下來，沒有那麼緊張了。

Culture Point

1. 在中國，為了讓學生保持身體健康，保護視力，避免近視，大多學校每天都要做早操和眼保健操。
   In China, students in most school need to do morning exercises and eye exercises every day. These are for keeping health and protecting their eyes from bad eyesight and nearsightedness.

2. 語言具有地域性特點，特定的語言存在著差異，不同地區叫法不一樣。如：
   Languages contain regional traits. There are differences in a specific language, and the name of it can differ in regions. For example:

中國大陸 China's Mainland	中國香港 Hong Kong, China
普通話、漢語 Putonghua (the common language), Hànyǔ (the Han language)	普通話 Putonghua

中國台灣 Taiwan, China	新加坡 Singapore
"國語" Guóyǔ (the national language)	華語 Huáyǔ (the Chinese language)

🔍 語法重點 Key Points of Grammar

時間副詞：才、就 The Adverbs of Time: 才 and 就

① "才" 表示説話人認為動作發生的時間晚、時間長、不容易、不順利等。

Indicate that the occurrence of an action is later or longer than the speaker expected, also it refers to an action that is not easy or not going well.

> Structure ▶ 數量詞 / 時間詞 + 才 + 動詞 measure words / words of time + 才 + verb

> E.g. ● 小樂到半夜兩點才睡著。Xiao Le didn't get to sleep until 2 a.m..

② "就" 表示説話人認為動作發生的時間早、時間短、容易、順利等。

Indicate that the occurrence of an action is sooner or shorter than the speaker expected, also it refers to an action that is easy or going well.

> Structure ▶ 數量詞 / 時間詞 + 就 + 動詞 measure words / words of time + 就 + verb

> E.g. ● 我六點半就到學校了。I arrived school at 6:30.

📄 課文理解 Reading Comprehensions

① 為什麼 "我" 還沒開學，心裏就既緊張又興奮？

② 到了學校為什麼 "我" 的心情又變好了？

③ 為什麼大家都説新學期校園生活會十分忙碌？

④ "我" 最害怕的事情是什麼？

⑤ 從課文裏找出描寫 "我" 心情的句子，填在下面的表格裏。

開學前	開學第一天	第一天結束後

概念與拓展理解 Concepts and Further Understanding

① 課文一的寫作對象是誰？寫作對象不同的話，文章的語氣也會不一樣嗎？

Who is the target audience in text 1? Will the tone of a passage be changed according to different target audience?

② "我"是如何描述開學第一天的校園生活的？

How does the narrator "I" describe the school life on the first day?

③ 文章為什麼用"我"來敘述開學第一天？可以用"你"或者"他"嗎？

In the passage, why does the author use "I" as the narrator? Is it acceptable to use "you" or "he" as the narrator?

④ 為什麼學校要求學生做早操和眼保健操？你認同這樣的規定嗎？

Why schools request students to have morning exercises and eye exercises? Do you agree with these regulations?

⑤ 為什麼大家説話的腔調會不同呢？只有普通話才算標準華語嗎？

Why people have different accents? Is only speaking Putonghua considered as standard Chinese language?

語言練習 Language Exercises

從所提供的選項中選出正確的答案。

Choose the correct answer for the question.

① 他是家裏的小_____王，爺爺奶奶都聽他的話。

　　A. 灞　　B. 靶　　C. 靶　　D. 霸

② 今天忘了做作業，老師走到我身邊時，我的心就開始_____直跳，害怕被老師發現。

　　A. 砰砰　　B. 怦怦　　C. 平平　　D. 抨抨

③ 體操訓練雖然辛苦，可是我一點兒也不後_____選擇這項運動。

　　A. 敏　　B. 梅　　C. 悔　　D. 海

④ 上課玩兒手機，被老師批評後，我_____地低下了頭。

    A. 漸愧   B. 斬鬼   C. 慚槐   D. 慚愧

⑤ 我們老師一天到晚總是十分忙_____。

    A. 錄   B. 碌   C. 綠   D. 路

選出與下列劃線詞語意思相同的選項。
Choose the synonyms of the underlined words below.

⑥ 我的語文老師講話帶著福建<u>口音</u>，因為她是從廈門來的。   ☐

    A. 味道   B. 腔調   C. 方言   D. 口水

⑦ 爸爸媽媽<u>期待</u>我讀完中學後，能考上名牌大學。   ☐

    A. 等候   B. 許願   C. 夢想   D. 希望

⑧ 大學畢業後，我希望自己能<u>獨立</u>，不再跟父母要錢。   ☐

    A. 不依靠他人   B. 獨自一人   C. 離開父母   D. 單獨站立

選擇正確的詞語填空。
Fill in the blanks with the correct words.

> 面孔　防火演習　指揮　脫離　翻來覆去　興高采烈　哄堂大笑　應付

⑨ 這個_____看起來很熟悉，可是我還是想不起來在哪裏見過。

⑩ 老師講的故事生動、幽默，逗得大家_____。

⑪ 遊客們登上山頂觀看日出，個個_____。

⑫ 作為球員，要聽從教練的_____，不可以自己想幹什麼就幹什麼。

⑬ 他被車撞了，經過醫生的治療，總算_____了危險。

⑭ 學校每年都要組織學生進行_____，我們都知道著火了往哪裏跑。

⑮ 老師對同一個問題_____講了很多遍，但我還是聽不懂她在講什麼。

⑯ 做作業不是為了_____老師的檢查，要認真做。

判斷下面"才／就"的使用是否正確，如果錯誤請訂正。
Determine whether the words "才" and "就" in the following sentences are used appropriately or not, and correct them if there is any mistake.

⑰ 我好不容易才買到票。   ⑱ 我很容易才買到電影票了。

⑲ 我排隊排了好久就買到飯。   ⑳ 她七歲才上幼兒園。

㉑ 我一會兒才做完作業了。   ㉒ 我很快才跑到車站了。   ㉓ 他十三歲就上大學了。

⏰ 課堂活動 Class Activities

賓果遊戲 Bingo

上課之前，讓我們先做一下熱身，互相了解對方。
Before we start, let's get to know each other by having some warm-up exercises.

是素食者	和你住在同一個小區的	和你喜歡同一種顏色的	和你同一個月份出生的	喜歡攝影的
小學和你同一個學校的	和你有共同愛好的	曾經去過中國的	至少會玩兒一種樂器	和你同樣血型的
家裏有寵物的	有兄弟姐妹的	睡覺前喜歡看書的	和你同一個星座的	覺得學校餐廳的飯菜好吃的
每週堅持戶外運動的	和你一樣喜歡同一個科目的	喜歡看漫畫的	和你同姓的	可以說三種語言以上的，包括三種

💬 口語訓練 Speaking Tasks

第一部分

根據主題"校園生活"，做 2-3 分鐘的口頭表達。做口頭表達之前，先根據提示寫大綱。Make a 2-3 minutes oral presentation on the theme "school life". Before you start, use the form below to make an outline.

大綱 Outline	內容 Content
觀點 Perspectives	
事例 Examples	
名人名言 Famous quotes / 熟語 Idioms	
經歷 Experiences	
總結 Summary	

🏷 Tips

你可以按照"觀點—事例—名人名言 / 熟語—經歷—總結"的順序準備大綱，來提示口頭表達的思路。

You can follow the structure (Perspectives-Examples-Famous quotes / Idioms-Experiences-Summary) to prepare your outline. It can help you adjust the mindset of your expression.

第二部分　回答下面的問題。Answer the following questions.

① 你最喜歡的學校課外活動是什麼？

② 你最不喜歡哪個科目？為什麼？

③ 有的學校要求學生打掃教室，對這件事你怎麼看？

④ 你的班級制定違章制度嗎？你同意這樣的做法嗎？

⑤ 你喜歡你的班級嗎？為什麼？

生詞短語

fēng fù duō cǎi
豐富多彩 rich and colorful

xiào xùn
校訓 school motto

bó xué
博學 erudite

tuán jié
團結 united

chuàng xīn
創新 creative

dā jiàn
搭建 construct

tiǎo zhàn
挑戰 challenge

hù bāng hù zhù
互幫互助
help each other

shēng qí
升旗 flag raising

zhì cí
致辭 make a speech

duō gōng néng tīng
多功能廳
multi-functional hall

pò bīng huó dòng
破冰活動
ice-breaking activities

xiào guī
校規
school regulations

shè shī
設施 facility

fǔ dǎo shì
輔導室 guide room

shí yàn shì
實驗室 laboratory

guǎng chǎng
廣場 square

guī shǔ gǎn
歸屬感
sense of belonging

親愛的同學們：

　　新學期開始了，我是你們的校長，很高興能有機會跟大家介紹豐富多彩的開學活動。開學活動的主題是"同一個聲音"。這一主題是來自我們學校的校訓"博學、團結、創新"，目的是為同學搭建友誼之橋，希望大家在面對挑戰時，能發揚互幫互助的精神。在這次開學活動中，你將有機會認識更多的同學。你們的班主任和老師也將和你們一起度過這個特別的開學活動。由於我們學校今年剛搬到新的地址，所以班主任也會帶領你們熟悉新的校園環境。

第一天的迎新活動安排如下：

時間	活動	地點
7:15	升旗、 校長致辭	多功能廳
8:00	破冰活動、 校規說明會	禮堂
10:05	休息	食堂
10:45	參觀校園設施、 熟悉新環境	圖書館、室內體育館、 戲劇廳、舞蹈室、 輔導室、藝術工作室、 實驗室、游泳池
12:35	午餐	食堂
13:50	課程說明會	教室
14:30	課外活動介紹	廣場
15:20	結束	教室

　　同學們，校園生活是令人激動、充滿機會和挑戰的集體生活，也是你們學習獨立生活的開始。我希望通過這一週的活動，你們能全身心投入，融入集體，遵守學校校規，逐步建立起對學校的歸屬感。

　　最後，希望同學們能手牽手，心連心，一步一個腳印，一起完成這次豐富多彩的開學活動。

　　謝謝！

🔍 語法重點 Key Points of Grammar

鐘點的表達 How to Express Time in Chinese

2:00	兩點 2 o'clock	7:30	七點三十分 seven thirty 七點半 half past seven
10:05	十點零五分 five past ten	10:45	十點四十五分 ten forty-five 十點三刻、差一刻十一點 a quarter to eleven
7:15	七點十五分、七點一刻 a quarter past seven	1:50	一點五十分 one fifty 差十分兩點 ten to two

📑 課文理解 Reading Comprehensions

① 這篇文章主要講了什麼？

② 為什麼要舉辦開學活動？

③ 學校的校訓是什麼？

④ 為什麼要參觀校園？

⑤ 新學校的設施有哪些？

☁ 概念與拓展理解 Concepts and Further Understanding

① 課文二屬於什麼文體？ What is the text type of text 2?

② 課文二的寫作對象是誰？ Who is the target audienc of text 2?

③ 文章的語氣是壓抑，陽光，還是鼓舞人的？ Is the tone of the text depressing, positive, or inspiring?

④ 你喜歡這樣的開學活動嗎？為什麼？ Do you like these first-day activities? Why?

⑤ 你們學校的校訓是什麼？你覺得為什麼要有校訓？
What is the motto of your school? What are the concerns for having school mottos?

語言練習 Language Exercises

把下面的詞語組成正確的詞組。Connect the corresponding words below to form a correct phrase.

① 破冰　　　　自我　　　② 團結　　　　橋樑

　遵守　　　　校規　　　　搭建　　　　一致

　挑戰　　　　活動　　　　升旗　　　　典禮

從生詞表裏找出下列詞語的同義詞。Find the synonyms of the following words in the vocabulary list.

③ 多才＿＿＿＿＿＿＿　④ 發言＿＿＿＿＿＿＿　⑤ 五花八門＿＿＿＿＿＿＿

從生詞表裏找出下列詞語的反義詞。Find the antonyms of the following words in the vocabulary list.

⑥ 守舊＿＿＿＿＿＿＿　⑦ 孤獨感＿＿＿＿＿＿＿　⑧ 自私自利＿＿＿＿＿＿＿

選擇正確的詞語填空。Fill in the blanks with the right words.

| 校訓　　多功能廳　　破冰活動　　設施　　輔導室　　實驗室　　廣場 |

⑨ 小區的大媽們每天一大早就在樓下的＿＿＿＿＿＿跳舞，害得我每天都不能睡懶覺。

⑩ 中學的學校＿＿＿＿＿＿比小學多太多了，我們能去不同的地方做不同的活動。

⑪ 我的父母常常吵架，在家都不能學習，我得去＿＿＿＿＿＿找心理老師談談該怎麼和父母溝通。

⑫ 聽説今天＿＿＿＿＿＿著火了，因為有一個中一的新生上科學課時，不小心把火點著了。

⑬ 每天的晨會都會在＿＿＿＿＿＿舉行，同學們可以了解學校最新的信息。

⑭ 開學第一天通常不上課，老師都會準備一些＿＿＿＿＿＿，讓同學們有機會互相接觸。

⑮ ＿＿＿＿＿＿是廣大師生共同遵守的基本行為準則，是學校辦學理念和治校精神的反映。

用中文說出下面的時間。Say the following time in Chinese.

⑯ 12:00　6:05　1:15　2:20　2:50　11:45　3:30

⏱ 課堂活動 Class Activities

畫一畫，說一說 Draw and share

熟悉學校環境。請在下面的方框裏簡要地畫出你們學校的各種設施，向同學們介紹每個設施的用途，並說說你最喜歡哪一個設施，為什麼。

Be familiar with the environment of the school. Please draw pictures of the facilities of your school in the box below. Introduce the functions of every facilities to your classmate, and talk to each other about your favorite and why.

E.g.

● 實驗室：同學們在這裏做科學實驗。

Laboratory: Classmates carry out their experiments there.

💬 口語訓練 Speaking Tasks

第一部分　根據圖片，做 3–4 分鐘的口頭表達。做口頭表達之前，先根據提示寫出大綱。

Make a 3-4 minutes oral presentation based on the picture. Before you start, use the form below to make an outline.

大綱 Outline	內容 Content
圖片內容 Information of the picture	
圖片主題 Theme of the picture	
提出觀點 Make your points	
延伸個人經歷 Relate to personal experiences	
名人名言 Famous quotes / 熟語 Idioms	
總結 Summary	

① 你認為校園生活重要嗎？

② 有些家長選擇讓孩子在家學習，你贊同這樣的做法嗎？

③ 有些國家分男校和女校，你贊同這樣的做法嗎？為什麼？

④ 有些同學覺得開學活動很浪費時間，沒有意義，你怎麼看？

⑤ 有些人認為考試科目比較重要，不應該再浪費時間學藝術課程，你怎麼看？

技能訓練　Skill Tasks

Tips

針對圖片做口頭表達時，最主要的是清楚地表達你的觀點和態度，並結合自己的個人經歷來延伸。

When you try to remark in connection with the picture, the primary target is to express your points of view and attitude clearly, then combine your own experience to have an extension.

閱讀訓練　Reading Tasks

文章 1 ｜ 中學生申請表

仔細閱讀下面的短文，然後回答問題。

Read the passage carefully and answer the following questions.

　　林宏達是在英國讀書的中國留學生。因為最近父親到香港工作，所以他跟著父親轉到香港英皇學校讀中學一年級。

　　香港英皇學校在七到九年級採用國際文憑（IB）中學項目（MYP）課程，到十、十一年級則學習英國劍橋大學創立的國際中學教育課程（IGCSE）。學校的校訓是"誠先於榮"。在林宏達父親林道明看來，誠實是做人、做學問的根本。學校不僅是傳授知識和技能的場所，更應該是教人誠實、端正的地方。因此，他一點兒也沒有思考，毫不猶豫地為宏達選擇了這所學校。林宏達的母親陳小芬也喜歡英皇學校，因為它有五十米的游泳池、草地足球場、戲劇訓練室和十棟教學樓，為學生提供了良好的成長環境。

林宏達於 2007 年 10 月 16 日在上海出生，從小跟隨父母到英國生活，小學在英國德威國際學校學習。他是獨生子，沒有兄弟姐妹。但因為從小在國外生活，獨立性很強，什麼事情都不依靠別人，全部自己做。所以，轉學到香港英皇學校對林宏達來說問題不大。

今天是林宏達第一天到學校上課。他覺得這裏的班級人數少，上課氣氛比較輕鬆。但是作業很多，特別是中文課，老師要求每天抄寫漢字，這讓林宏達有點兒應付不了。可能是因為中學需要考試吧。雖然父母都是中國人，他也考過漢語 YCT 三級，但是在英國小學學中文，不需要會寫漢字。

另外，英皇學校還提供了很多課外活動，比如曲棍球、足球、擊劍、藝術體操和花樣游泳。林宏達的特長是踢足球，他說他要爭取做足球隊長。

林宏達畢業後還是想回英國讀大學，學習經濟。如果讀得好，就選擇劍橋大學，不行的話，牛津大學也可以。畢業後，他打算先去新加坡找工作，因為那裏的雙語工作環境會比較適合他。

假設你是林宏達，根據以上短文，填寫中學生登記表。

If you were Lin Hongda, fill in the registration form according to the passage provided.

中學生登記表

① 姓名：	② 性別：	③ 出生年月：
④ 出生地：	⑤ 國籍：	⑥ 母語：
⑦ 父親：	⑧ 母親：	⑨ 兄妹：
⑩ 小學學校：	⑪ 特長：	⑫ 中文水平：
⑬ 申請學校：		⑭ 申請年級：
⑮ 選擇本校的原因：		
⑯ 畢業後打算：		

在閱讀過程中，碰到不懂的詞語，不要擔心，有時候你可以利用上下文來推測詞語的大概意思。

During reading, don't be afraid of words you don't understand. Sometimes you can use the context to guess the approximate meaning of words.

例如：他是獨生子，沒有兄弟姐妹。但因為從小在國外生活，獨立性很強，什麼事情都不依靠別人，全部自己做。

通過"獨立性"後面的句子說"什麼事情都不依靠別人，全部自己做"，可以推測"獨立性"是"不依賴別人"的意思。

For example: "He is the only child and has no brothers or sisters. Since he grew up abroad, he is very independent and he does everything himself and never rely on others."

Through the sentence behind "independence" saying "does nothing depends on anyone, does it all by himself", it can be speculated that "independence" means "does not depend on anyone".

請寫出下列劃線詞語在文章中的意思。

Write down the meaning of the underlined words below.

① 因此，他一點兒也沒有思考，毫不猶豫地為宏達選擇了這所學校。＿＿＿＿＿＿＿＿

② 他是獨生子，沒有兄弟姐妹。＿＿＿＿＿＿＿＿

文章 2 ┊ 同伴壓力

❶　進入中學後，你會發現你的同學各個方面都很優秀，【－4－】學習成績好，體育、音樂也很棒。【－5－】，你開始懷疑自己，這說明你感受到了"同伴壓力"。今天我們邀請了輔導員林老師來學生會和我們談談關於同伴壓力的問題。

❷　記　【－1－】

　　林　同伴壓力是【－6－】希望被同伴認可，怕被排擠而產生的心理壓力。現今社會，每個人都會受到來自同伴的各方面壓力，【－7－】認為：許多人都是成功的，只有自己不夠成功。

瀏覽式閱讀法就是粗略地看一遍文章，就可以抓住文章段落的重點和主要內容。

平時在做閱讀時，可以用瀏覽式閱讀法閱讀文章，從題目和段落入手，了解文章每個段落的主要內容。對於採訪式的文章，瀏覽式閱讀法也有助於幫助我們快速找出採訪問題。

Browsing is a technique that you can catch the main content and overall idea of an article after reading it once in rough.

When we are reading, try to apply this technique. Stare from the title and topic sentences of the paragraph, which can help us understand the main content of each paragraph. As for the interview articles, browsing can also help find out the interview question.

③ 記 【–2–】

林　一方面，同伴壓力會帶來負面影響。【–8–】當你的學習成績比不上周圍同學時，你會懷疑自己不夠好。【–9–】，同伴壓力可以增強自信。比如原來你並不喜歡數學，【–10–】你周圍的同學數學都很厲害，你會對"學好數學"感到更自信，【–11–】，同伴壓力會讓我們進步。

④ 記 【–3–】

林　首先，要改變心態。不要錯誤地認為"同伴壓力是因為自己見不得別人好"。要告訴自己："我不是見不得別人好，我只是希望和他們一樣好。"其次，多向優秀的同伴學習，比如學習他們的演講方式和學習方法等。最後，要告訴自己不可能在每個方面都贏過別人，多用平和的心態去面對競爭。

⑤ 記　是的，即使是再成功的人，也會有"比不過別人"的時候。希望同學們在面對同伴壓力時，不要盲目競爭或者選擇逃避，而是應該勇敢地面對它，把同伴壓力變成動力。

改編自：https://baike.baidu.com/tashuo/browse/content?id=0973544b77159126d67cdc0d

根據文章 2，選出相應的的採訪問題，把答案寫在橫線上。

According to passage 2, choose the corresponding interview questions and write the answers on the lines.

① [–1–] _____　A. 同伴壓力有好有壞，我們要如何更好地應對同伴壓力？

② [–2–] _____　B. 同伴壓力會給我們造成怎樣的影響？

③ [–3–] _____　C. 您覺得為什麼會出現同伴壓力呢？

D. 您能跟我們談談什麼是同伴壓力嗎？

E. 同伴壓力有哪些表現呢？

根據 ❶－❸，從下面提供的詞彙中，選出合適的詞語填空。

Choose the suitable words in the box according to ❶-❸ above.

因為　當然　也　甚至　可是　理由　也就是説　卻　不但　比如　於是　另一方面

④ [–4–]＿＿＿＿＿　⑤ [–5–]＿＿＿＿＿　⑥ [–6–]＿＿＿＿＿　⑦ [–7–]＿＿＿＿＿

⑧ [–8–]＿＿＿＿＿　⑨ [–9–]＿＿＿＿＿　⑩ [–10–]＿＿＿＿＿　⑪ [–11–]＿＿＿＿＿

根據 ❹、❺，填寫下面的表格。 Complete the boxes according to ❹-❺.

在句子裏	這個字／詞	指的是
⑫ 比如學習他們的演講方式和學習方法等……	"他們"	
⑬ 而是應該勇敢地面對它……	"它"	

根據 ❹、❺，選出五個正確的敘述。把答案寫在橫線上。

According to ❹-❺, choose five correct descriptions and write the answers on the lines.

文中提到面對壓力，我們應該：

⑭ ＿＿＿＿＿　A. 明白同伴壓力是因為自己見不得別人好。

＿＿＿＿＿　B. 向不優秀的同伴學習。

＿＿＿＿＿　C. 明白我們只是希望和他們一樣好。

＿＿＿＿＿　D. 要學會逃避。

＿＿＿＿＿　E. 要調整心態。

　　　　　　　F. 明白自己總有比不過別人的時候。

　　　　　　　G. 不要盲目競爭。

　　　　　　　H. 要勇敢面對。

選出正確的答案。 Choose the correct answer.

⑮ 這篇文章主要講述 ＿＿＿＿＿。

A. 同伴壓力產生的原因

B. 同伴壓力的影響以及如何應對

C. 同伴壓力對年輕人的好處

D. 同伴壓力對家人造成的影響

聽力訓練 Listening Tasks

一、《校園生活》

你將聽到六段錄音，每段錄音兩遍。請在相應的橫線上回答問題 ① 至 ⑥。回答應簡短扼要。每段錄音後會有停頓，請在停頓期間閱讀問題。

You will hear 6 recordings, and each audio will be played twice. Answer the question ①-⑥ with short answers. There will be a pause after playing each recording, please read the questions during the pause.

① 中文課室在幾樓？

_____

② 這位學生估計幾點能到學校？

_____

③ 這位學生星期五有什麼安排？

_____

④ 多少學生可以申請教育部的資助計劃？

_____

⑤ 中午過後，天氣怎麼樣？

_____

⑥ 小珍因為什麼問題去找老師談話？

_____

二、《逃學王變學霸》

你即將聽到第二個聽力片段，在聽力片段二播放之前，你將有四分鐘的時間先閱讀題目。聽力片段將播放兩次，聽力片段結束後，你將有兩分鐘的時間來檢查你的答案。請用中文回答問題。

You will hear the second audio clip. You have 4 minutes to read the questions before it starts. The clip will be played twice, after it ends, 2 minutes will be given to check the answers. Please answer the questions in Chinese.

根據第二個聽力片段的內容，回答問題 ①-⑥ 。
Answer the questions ①-⑥ according to the second audio clip.

選出正確的答案。Choose the correct answers.

① 這是什麼節目？＿＿＿＿＿

    A. 訪談節目　　　B. 校園新聞　　　C. 電視劇

② 這個節目多久播放一次？＿＿＿＿＿

    A. 每天　　　B. 每週　　　C. 每月

③ 許佳龍考試取得了什麼樣的成績？＿＿＿＿＿

    A. 所有科目全部是 A*　　　B. 所有科目全部是 A　　　C. 所有科目全部滿分

選出四個正確的敘述。Choose four correct descriptions.

陶老師不放棄 "逃學王" 的原因包括：

④ ＿＿＿＿　　A. 她是中一年段長。

    ＿＿＿＿　　B. 她是許佳龍的中文老師。

    ＿＿＿＿　　C. 她年輕時也不想讀書。

    ＿＿＿＿　　D. 她的班主任也幫助過她。

    　　　　　　E. 她要傳遞愛心。

    　　　　　　F. 她也愛玩兒電腦。

    　　　　　　G. 她也有相同的經歷。

回答下面的問題。Answer the following questions.

⑤ 陶老師要發起的助學計劃叫什麼？

_____

⑥ 陶老師發起的助學計劃包括哪些活動？至少舉兩個。

_____

日記一般是從第一人稱"我"的角度來記錄自己身邊發生的事情。

A diary generally refers to a record of things happened from the first-person perspective.

日記通常只記錄當天發生的事情，但是如果某件事持續了幾天才結束，也可以在事情結束後記錄整個經過和感受。這時，日記的內容就會包括幾天前發生的事情。

A diary usually describes things that happened on that day. However, if there is something that continues for days, the record and the thoughts of the whole event can be written after it ends. The content of the diary will include events of days in this case.

寫作訓練：日記 Writing Tasks: Diary

熱身

● **根據課文一，討論日記的格式。** According to text 1, discuss the format of a diary.

● **如何寫好一篇日記？** How to write a good diary?

格式 參考課文一

| X 年 X 月 X 日 | 星期 X | 晴／陰／雨（天氣） |

□□開頭：簡要説明心情和原因

□□正文：詳細記錄事情的經過

□□結尾：感受和打算

你參加了學校組織的校園開放日，寫一篇日記，談談參與這次活動的經歷和
心得體會。字數：100-120 個漢字。

日記中必須包括以下內容：
- 學校舉辦這次活動的經過
- 同學們如何準備這次活動
- 你覺得這次活動辦得怎麼樣

Tips

可以用表示時間的詞語作為線索進行敘述，文章結構會比較清晰。

Using words of time as the thread of description, the passage structure will be more precise.

例如：關於開學活動，可以自己先按照時間點畫個草圖：

For example: Regarding to the activities of the opening day, you can draw a draft based on the time.

開學典禮 ➡ 遊戲活動 ➡ 體育活動 ➡ 課堂活動 ➡ 迎新晚會

再根據以下時間順序提示，任選一個，進行寫作。

Then write your passage based on your choice of any of the time sequences.

7:20	早上	第一天	首先
10:20	中午	第二天	接著
13:20	下午	第三天	然後
15:20	晚上	最後一天	最後

開學一個月了，寫一篇日記，談談你的新校園生活，說說你在學校學習的心情和對自己未來的期待及打算。字數：300-480 個漢字。

Youth life

青 年 生 活

 導 入 Introduction

每個年輕人都有自己的興趣和愛好，有了興趣和愛好，青年生活變得更有情趣，也更精彩。和年輕人相關的次文化也由此產生。這些次文化不但能激發青年的創造力，也讓青年對信念和價值觀有不一樣的看法。最重要的是，在青年時期建立的友情是人生中最寶貴的財富。

Everyone has interests and hobbies, and with them, youth lives are more vibrant and amazing. Subcultures are also born from them. These subcultures not only can boost the creativity of the young, they also grant the young people different perspectives on their faiths and values. And the most important thing is: friendships in adolescence are the greatest treasures throughout your life.

學習目標 Learning Targets

閱讀 Reading

- 學會通過標題了解段落主要內容。
  Understand the main content of a paragraph through titles.

- 學會通過關鍵句找出段落大意。
  Grasp the main idea by finding out topic sentences.

口語 Speaking

- 學會如何選擇主題。
  Learn how to choose a talking subject.

- 了解口頭表達的注意事項。
  Understand the cautions of oral speaking.

聽力 Listening

- 學會如何做聽力簡答題。
  Learn how to listen and answer short questions.

寫作 Writing

- 學會如何讓演講稿更有說服力。
  Learn how to make a convincing script of speech.

zhǔ xí 主席 chairman	
jià zhí guān 價值觀 value	
táo kè 逃課 skip classes	
shù lì 樹立 set up	
néng lì 能力 capacity	
míng què 明確 clear	
mù biāo 目標 target	
nǔ lì 努力 make great efforts	
shǒu fù 首富 the richest man	
bèi duō fēn 貝多芬 Beethoven	
chuàng zuò 創作 creation	
jiāo xiǎng qǔ 交響曲 symphony	
ài dí shēng 愛迪生 Edison	
mí shī 迷失 lost	
háng biāo 航標 navigation mark	
piāo liú 漂流 drift	
gǎn ēn 感恩 be thankful	
yǎng yù 養育 bring up	
tè yì 特意 with the special intention of	
shàn dài 善待 be treated well	
guān ài 關愛 care	

各位老師、各位同學：

大家好！我是學生會主席林小松。最近我發現很多同學的價值觀出現了問題。問題主要表現在一些不良行為上：有的長期逃課，有的常常為一點兒事情而大吵大鬧，有的抄作業，有的每天上網玩兒遊戲。今天我就來和大家談談如何樹立正確的價值觀。

人成功與否，重要的不是能力，而是擁有什麼樣的價值觀。那麼，什麼樣的價值觀才是我們應當追求的呢？

首先，樹立正確的價值觀，要有明確的人生目標。人只有樹立了目標，才有努力的方向。正因為有了目標，馬雲才能成為中國首富；正因為有了目標，貝多芬才能創作出《第九交響曲》；正因為有了目標，愛迪生才會在失敗幾千多次以後發明了電燈。一個人有沒有目標，對未來非常重要。如果沒有了奮鬥目標，你就會迷失方向，就像大海中的船沒有了航標燈，只能在海上沒有目的地漂流，永遠沒辦法到達目的地。

其次，樹立正確的價值觀，需要一顆感恩的心。懷有一顆感恩的心，生活才有希望。我們要感恩父母的養育和陪伴，感恩老師教授我們知識，感恩朋友在我們困難的時候給我們幫助。感恩不需要特意表現，只需要一句簡單的問候和關懷。擁有一顆感恩之心，我們在社會上往往會受到善待。我們既要學會感恩，又要懂得感恩，用更積極的人生態度面對困難，堅持到底，不輕易放棄。

除此之外，樹立正確的價值觀，還要懂得團結互助，相互關懷。團結互助精神是事業成敗的決定性因素。古人云："孤樹結成林不怕風吹，滴水積成海不怕日曬。"我們每個同學，在平時的學習生活中既要懂得團結在一起，互相學習，也要養成關愛他人的良好品行。

同學們，讓我們樹立正確的目標，懷有感恩之心，團結互助，做二十一世紀有正確價值觀的好學生！

謝謝大家！

Culture Point

馬雲，阿里巴巴集團創始人。馬雲第一次參加中國高考時落榜，數學只得了 1 分。憑藉不放棄的信念，他在商業上取得成功，大家熟悉的阿里巴巴、淘寶、支付寶都是他創建的，他是中國年輕人創業的榜樣。

Jack Ma is the founder of Alibaba Group. When Jack Ma had the result of his first National College Entrance Examination, he only got 1 mark in maths. Yet with his resilience, he successes in business and founded the well-known companies in China like Alibaba, Taobao, and Alipay. He is the role model for thousands of Chinese startup entrepreneurs.

🔍 語法重點 Key Points of Grammar

並列關係複句　Compound Sentence

兩個或幾個分句說明有關聯的幾件事或者一件事的不同方面。

Two or more clauses explain different directions of a thing or things that are related.

常用關聯詞　Common Conjunctive Words

表示兩個動作或兩種狀態同時存在 Indicate that two actions or status simultaneously exist	表示兩個方面同時進行 Indicate that two actions are executed at the same time	否定前者，肯定後者 Negate the former and affirm the later
1. 既……又…… 2. 既……也…… 3. 又……又……	1. 一邊……一邊…… 2. 一面……一面…… 3. 一會兒……一會兒……	不是……而是……
例：學習漢語既能交中國朋友，又能了解中國文化。Example: Learning Chinese can let you make Chinese friends and get to know their culture.	例：她一邊看電視，一邊做作業。 Example: She watches TV and does homework at once.	例：他不是美國人，而是中國人。 Example: He isn't an American but a Chinese.

📄 課文理解 Reading Comprehensions

① 最近同學們的價值觀出現了哪些問題？

② 為什麼確定目標很重要？

③ 擁有感恩之心對我們有什麼幫助？

④ 為什麼要有團結互助的精神？

⑤ "孤樹結成林不怕風吹，滴水積成海不怕日曬。" 這句話是什麼意思？

☁ 概念與拓展理解 Concepts and Further Understanding

① 課文一的寫作對象是誰？Who is the target audience in text 1?

② 課文一的寫作目的是什麼？What is the writing purpose of text 1?

③ 作者是如何達到寫作目的的？How does the author achieve the writing purpose?

④ 作者是如何說服讀者有明確的人生目標很重要的？
How does the author convince the readers that having a definite life purpose is important?

⑤ 作者為什麼要引用古人說的話？Why does the author quote the words by the ancients?

📄 語言練習 Language Exercises

從所提供的選項中選出正確的答案。Choose the correct answer from the following choices.

① 作為學生會的主_____，不但要學習好，還要有領導能力。

　　A. 習　　B. 席　　C. 庶　　D. 麾

② 又開學了，奶奶一直叫我要按時上學，不要_____課。

　　A. 桃　　B. 挑　　C. 跳　　D. 逃

③ 作為班長，你要給同學們_____起好榜樣。

　　A. 建立　　B. 立定　　C. 樹立　　D. 站立

④ 比爾是世界_____富，擁有數不清的資產。

　　A. 道　　B. 手　　C. 自　　D. 首

⑤ 還好有_____，不然我們就被大海吞沒，靠不了岸了。

　　A. 航行　　B. 航標　　C. 起航　　D. 航運

選出與下列劃線詞語意思相同的選項。 Choose the synonyms of the underlined words below.

⑥ 他坐了兩個小時的車，<u>專門</u>來看你。
　　A. 故意　　B. 特意　　C. 特別　　D. 特點

⑦ 要<u>愛護</u>老人，每個人都有老的一天。
　　A. 關愛　　B. 愛心　　C. 觀愛　　D. 觀心

根據意思寫詞語。 Write the words related to the meanings.

⑧ 做事情的才能和本事。＿＿＿＿＿＿

⑨ 目標清晰。＿＿＿＿＿＿

⑩ 儘量使出自己的力氣來做事。＿＿＿＿＿＿

⑪ 文學藝術作品的創造。＿＿＿＿＿＿

⑫ 弄不清方向。＿＿＿＿＿＿

⑬ 在水面隨水流動。＿＿＿＿＿＿

⑭ 對別人所給的幫助表示謝意。＿＿＿＿＿＿

填入正確的關聯詞，關聯詞可以重複。

Fill in the blanks with the correct conjunctive words, a word can be used more than once.

⑮ 他長得＿＿＿＿＿高＿＿＿＿＿壯，讓人感覺很安全。

⑯ 他＿＿＿＿＿看書，＿＿＿＿＿聽音樂，不知道書有沒有讀進去。

⑰ 努力學習＿＿＿＿＿為了考高分，＿＿＿＿＿為了學習新知識。

⑱ 下雨了，可我＿＿＿＿＿沒有帶雨傘，＿＿＿＿＿沒有帶雨衣。

⑲ 小明上中文課＿＿＿＿＿跟小剛聊天，＿＿＿＿＿欺負同桌，結果被老師批評了。

🕐 課堂活動 Class Activities

造句比賽 Sentence Making

你有 2 分鐘的時間做準備，每個人選一個詞語進行造句。一名同學說出自己造的句子，由其他同學來挑戰。成功者是擂主，繼續接受其他同學的挑戰。比賽一直持續下去，直到無人挑戰。

You have 2 minutes to prepare, and every student makes a sentence with a chosen word. After a classmate say the sentence, other classmates will challenge him with theirs. The winner will duel with other classmates until there is no new challenger.

💬 口語訓練 Speaking Tasks

尊老　　　　　　勤奮

誠信　　　　　　節儉

🏷 Tips

如何選擇主題？
How to choose a topic?

大綱提供很多主題供大家選擇，哪一個才是最適合自己的呢？

Many topics are provided in the syllabus. How do we know which is most suitable for us?

首先，要選擇自己熟悉和喜歡的話題。其次，要善於從一些社會現象或校園中常見的日常小事中分析和年輕人相關的價值觀、道德觀、人生觀。例如：樹立環保意識、積極參加義工活動、提倡節約食物等，有助於培養青年人的公民道德心和社會責任感。

First, try to find out topics that you like or know well. Then, you can dig into some trivials in school life or some social phenomena. Analyzing the values, morality, view of life through the mindset of the youngsters. For example: supporting environmental protection, participating in volunteer activities, and reducing food waste are the effective factors to build up the public liability and obligation of the young.

第一部分 根據上面的圖片，選擇一個價值觀，做 2–3 分鐘的口頭表達。做口頭表達之前，先根據提示寫大綱。

Choose a value from the picture above and make a 2-3 minutes oral presentation. Before you start, use the form below to make an outline.

大綱 Outline	內容 Content
觀點 Perspectives	
事例 Examples	
名人名言 Famous quotes / 熟語 Idioms	
經歷 Experiences	
總結 Summary	

第二部分 回答下面的問題。Answer the following questions.

① 除了圖中提到的價值觀，你還知道哪些價值觀？

② 你覺得現在年輕人的價值觀和你父母親那一輩人的價值觀一樣嗎？

③ 西方的價值觀和東方的價值觀一樣嗎？有哪些不同？

④ 你覺得年輕人的價值觀主要受誰的影響？家人，朋友，還是老師？

⑤ 如果同學有不好的價值觀，你會怎麼做？

xīn xíng guān zhuàng bìng dú
新型冠狀病毒
Novel Coronavirus

zhù yuàn
住院 be hospitalized

jū jiā
居家 living at home

gé lí
隔離 isolate

zāo gāo
糟糕 terrible

shì pín
視頻 video call

dǎn xiǎo
膽小 timid

mǎ yǐ
螞蟻 ant

sǐ shén
死神 death

zhàn dòu
戰鬥 combat

pí fū
皮膚 skin

lè yú zhù rén
樂於助人
be willing to help others

dào xiè
道謝 thank

là zhú
蠟燭 candle

qìng xìng
慶幸 thankful

2020 年 6 月 12 日   星期五   雨

　　今天下起了大雨，我的心也在下大雨，心情糟透了。我們全家受新型冠狀病毒的影響，爸爸媽媽在醫院住院，而我則被隔離在家，不能去上學。我一方面擔心父母的身體健康，另一方面由於孤單一人在家而害怕得要死。不過，也因為這次隔離，我體會到了友情的重要。

　　自從我居家隔離後，很多同學都不跟我聯繫了，甚至連我打電話向他們問問題，他們也都不接電話，彷彿病毒可以通過電話傳播似的，這讓我難受極了。更糟糕的是，老師要求我在家裏通過網絡視頻和同學們一起上課。可是我家裏條件不好，沒有電腦，怎麼辦呢？膽小的我又不敢跟老師說出我的困難，那多沒面子呀！我急得像熱鍋上的螞蟻，在家裏走來走去，也想不出解決的辦法。望著窗外的雨，想著與死神戰鬥的父母，還有孤單在家的自己，我的眼淚忍不住流了下來。

"叮咚，叮咚"，門鈴響了，我趕緊擦乾眼淚，心想：這時候誰還敢來我家呢？打開門一看，一個人也沒有，門口卻有一個黑色的包。我打開包一看，是一台電腦。我覺得很奇怪，誰會送電腦給我呢？我真是開心得不得了。

　　這時候，我的電話響了，是我的好朋友顏小達。他個子高高的，皮膚白白的，圓圓的臉上長著一雙大眼睛。因為他有一對大大的耳朵，所以我對他印象很深刻。小達是一個樂於助人的人。班級裏不論哪位同學遇到困難，他都第一時間站出來幫忙。"小凱，不要擔心，這是我家裏不用的電腦，你拿去用吧，有什麼問題，你再找我。"我連忙在電話裏向他道謝。而他卻說："不用謝！我們是朋友，就應該互相幫助，而且生活中每個人都會遇到困難，幫助別人也等於幫助了了自己，難道不是嗎？"我激動得不行，眼淚忍不住又流了下來。

　　中國有句老話："雖有兄弟，不如友生。"這次經歷，讓我真正體會到了友情的重要性。朋友像一支蠟燭，在黑暗中為你帶來光明，每個人都需要朋友，而我非常慶幸能有一個像顏小達這樣的好朋友。

程度補語：用在動詞、形容詞後表示程度的補語叫程度補語。

A degree complement is used to indicate level, description, and comment. It is used behind a verb or an adjective.

Structure ▶ 動詞 / 形容詞 + 極了 / 死了 / 壞了 / 透了

Verb / Adjective + 極了 (jíle) / 死了 (sǐle) / 壞了 (huàile) / 透了 (tòule)

E.g.
- 這個壞消息讓我難受極了。The bad news makes me feel terrible.
- 新加坡的天氣快把我熱死了。The hot weather in Singapore almost kills me.
- 小良一天沒吃東西，餓壞了。Xiao Liang doesn't eat for a day, and he is starving.
- 小達中文考試沒考好，心情糟透了。

  Xiao Da didn't do well in his Chinese exam, and it puts him in a bad mood.

注意 Notes

① "極了" "死了" "壞了" "透了" 充當程度補語時，補語前面不能加 "得"。

When " 極了 "(jíle)" 死了 "(sǐle)" 壞了 "(huàile)" 透了 "(tòule) are used as degree complements, " 得 "(de) can't be put in front of them.

② 有程度補語的句子，謂語前一般不再加程度副詞或描寫性詞語。

A sentence with degree complements usually won't be added any adverbs of degree or descriptive words before the predicate.

📖 課文理解 Reading Comprehensions

① "我" 的心為什麼在 "下雨" ？

② 為什麼 "我" 的心情很難受？

③ "我" 流了幾次眼淚？每一次流眼淚的原因是什麼？

④ 從哪裏可以看出顏小達是個樂於助人的人？

⑤ "雖有兄弟，不如友生。" 這句話是什麼意思？

☁️ 概念與拓展理解 Concepts and Further Understanding

① 課文二的寫作對象是誰？ Who is the target audience of text 2?

② 課文二是誰寫的？ Who is the author of text 2 ?

③ 課文二的寫作目的是什麼？ What is the writing purpose of text 2?

④ 課文二是如何表達作者每個階段的心情的？
How does text 2 express the author's emotions in each stage?

⑤ 作者是如何描述他的好朋友的？採用了哪些方法？
How does the author describe his friend? Which methods does the author use?

📖 語言練習 Language Exercises

把下面的詞語組成正確的詞組。 Connect the corresponding words below to form a correct phrase.

① 網絡	隔離	② 住院	治療
樂於	視頻	心情	怕事
居家	助人	膽小	糟糕

從生詞表裏找出下列詞語的同義詞。

Find the synonyms of the following words in the vocabulary list.

③ 分開＿＿＿＿＿＿＿＿　④ 軟弱＿＿＿＿＿＿＿＿　⑤ 幸好＿＿＿＿＿＿＿＿

從生詞表裏找出下列詞語的反義詞。

Find the antonyms of the following words in the vocabulary list.

⑥ 出院＿＿＿＿＿＿＿＿   ⑦ 和平＿＿＿＿＿＿＿＿   ⑧ 報仇＿＿＿＿＿＿＿＿

判斷下面程度補語的使用是否正確，如果錯誤請訂正。

Determine whether the degree complements in the following sentences are used appropriately or not, and correct them if there is any mistake.

⑨ 新加坡的天氣熱得透了。

⑩ 這套房子漂亮極了。

⑪ 這條河非常髒死了。

⏱ 課堂活動 Class Activities

幸運大轉盤 Lucky Wheel

兩個人一組。分別挑選課文二的生詞填入圓盤的格子裏，一個格子填一個。一位同學閉上眼睛，另一位同學轉動大轉盤，然後指著大轉盤裏的一個詞語問閉上眼睛的同學：你猜現在轉到的這個詞是什麼？閉上眼睛的同學根據課文二的生詞進行猜測。兩人對換。先猜中所有詞語的同學贏得比賽。

Team up in pairs. Pick the vocabularies of text 2 and put them into the slices, one word for each. Then, one classmate closes his eyes, another one spins the wheel and ask the sightless classmate about a word in the wheel, let him guess what word it is. The reply should base on the vocabulary list of text 2. Switching side after the guess, the one who is faster to finish all the slices win the game.

口語訓練 Speaking Tasks

第一部分 根據圖片，做 3-4 分鐘的口頭表達。做口頭表達之前，先根據提示寫大綱。

Make a 3-4 minutes oral presentation based on the picture. Before you start, use the form below to make an outline.

大綱 Outline	內容 Content
圖片內容 Information of the picture	
圖片主題 Theme of the picture	
提出觀點 Make your points	
延伸個人經歷 Relate to personal experiences	
名人名言 Famous quotes / 熟語 Idioms	
總結 Summary	

第二部分 回答下面的問題。Answer the following questions.

① 什麼是真正的友情？

② 你覺得友情對你重要嗎？為什麼？

③ 怎樣才能讓友情長久？

④ 友情比親情重要嗎？

⑤ 你的好朋友讓你幫他 / 她做一些壞事，你會幫忙嗎？為什麼？

閱讀訓練 Reading Tasks

文章 1 ｜ 如何應對中學生網癮問題

仔細閱讀下面的短文，然後回答問題。

Read the passage carefully and answer the following questions.

隨著互聯網的快速發展和智能手機的普及，中學生接觸網絡變得越來越容易。由於他們的抵抗力比較低，但好奇心比較強，所以很容易沉迷於網絡遊戲中。面對這些問題，家長們因為找不到正確的方法而不知道怎麼處理孩子的網癮問題。其實針對中學生網癮問題，單靠家長是不行的，還需要社會各個領域一起努力合作。

一、制定規章制度

學校應該制定規章制度來管理手機在校園裏的使用：學生一到學校就必須關閉手機，放學後才可以開機。中午吃飯時間也不可以使用手機，應該利用這段時間和同學一起吃飯、聊天兒，放鬆心情，好好休息，準備下午的課程。

二、正確引導上網

許多中學生上網都是因為對網絡遊戲有強烈的好奇心，在網絡遊戲中可以獲得極大的成就感。通過網絡，中學生還可以在虛擬的世界中認識更多朋友，但網絡聊天兒引發的早戀、網戀經常發生。老師可以利用班會時間正確引導學生利用網絡來提升自己的能力。例如，通過網絡遊戲讓中學生明白團隊合作的重要性，訓練中學生的智力等等。

三、控制上網時間

其實，上網是沒有錯的，但是過度沉迷於上網對身體各個方面的影響是很大的，最明顯的就是視力下降。中學生要學會自己控制上網時間，學會判斷網絡內容是否對自己有害，學會判斷新聞的真假。

四、樹立好榜樣

家長要做好榜樣，儘量不要在孩子面前玩兒手機，也不要因為手機忽略了對孩子的關愛。如果家長整天手機不離手，或者吃飯、睡覺都在玩兒手機，卻要求孩子遠離手機，這是行不通的。所以，家長樹立正確的榜樣很重要。

希望以上的建議對大家有所幫助。如果孩子還是一直沉迷於上網，就應該向心理輔導老師尋求進一步的幫助。

根據以上短文把下列詞語和句子配對。
According to the passage above, match the words with the correct sentences.

例：遊戲　　　　＿＿D＿＿

① 學校　　　　＿＿＿＿＿

② 老師　　　　＿＿＿＿＿

③ 中學生　　　＿＿＿＿＿

④ 家長　　　　＿＿＿＿＿

⑤ 過度上網　　＿＿＿＿＿

⑥ 網絡聊天兒　＿＿＿＿＿

A. 可以引導學生利用網絡提升能力。

B. 視力會下降。

C. 對身體有利。

D. 可以讓學生懂得團隊合作的重要性。

E. 會導致中學生自殺。

F. 應當學會自己判斷信息的真假。

G. 會引發早戀現象。

H. 應該限制學生吃飯的時候用手機。

I. 不要整天在中學生面前玩兒手機。

通過標題了解段落主要內容
Understand the main content through titles.

一些新聞、廣告或者採訪稿都會在每個段落的前面加一個小標題。

標題的主要功能是提示下面段落的內容，吸引讀者的注意力。所以，在做閱讀理解的時候，一定要重視這些小標題的作用。通過這些小標題，可以迅速知道段落的內容，也有利於迅速找到相關的信息。

Some news, advertisements, and interviews have subtitles on each paragraph.

These titles are mainly used as the hint at the content below, and make the readers focus on the text. Therefore, we must pay adequate attention to the function of these subtitles. We can know the idea of a paragraph quickly by them, some related messages also can be founded in a glance.

根據以上短文完成下面的句子。

Complete the sentences according to the passage above.

例：<u>由於</u> <u>好奇心</u> <u>比較</u> <u>強</u> ，中學生很容易沉迷於網絡遊戲中。

> 好奇心　比較　由於　強

⑦ _____沉迷於上網 _____ _____各個方面的 _____是很大的。

> 身體　對　影響　過度

⑧ 中學生還可以_____虛擬_____ _____中_____很多朋友。

> 的　在　認識　世界

何小良

❶ 　亞文化又叫次文化，是指與主流文化相對應的非主流的文化現象。簡單來說，即不是全民都喜歡或普遍被大眾接受的文化。比如漫畫，就是亞文化的一種。它不像中國國畫那樣受很多人認可，但總有一群年輕人一直喜歡漫畫。漫畫愛好者經常在群裏討論、分享他們喜歡的漫畫書，於是漫畫就變成了一種亞文化。

❷ 　漫畫【–5–】是亞文化，卻很受中學生喜愛。看漫畫是現在中學生最流行的休閒方式，【–6–】看漫畫的中學生也越來越多。在他們看來，看漫畫【–7–】可以減輕學習壓力，還可以幫助他們找到人生的目標。大部分年輕人都認為漫畫不但可以讓人心情放鬆，【–8–】可以加強抽象思維和感官思維，有的甚至能加強美術鑒賞能力。【–9–】，他們認為畫漫畫的人會將自己對生活的看法融入漫畫故事情節中，【–10–】看漫畫也可以增加年

輕人的人生閱歷。

❸　然而，家長對漫畫卻有不同的看法。他們認為漫畫只是一種亞文化，不是主流文化，不應該鼓勵學生去看。很多學生迷上漫畫後，對學習失去了興趣。家長認為中學生漫畫看多了，就不喜歡看文字的書了，這樣發展下去，會減弱閱讀能力。況且，很多漫畫書的內容不健康，有的甚至含有暴力和色情內容，會對學生的身心健康造成不良影響。中學生如果沉迷於漫畫，他們的人生觀將會受到很壞的影響。

❹　個人認為，漫畫雖然不是主流文化，但作為亞文化也有它存在的合理性。同學們應該學會自我控制，學會選擇有益身心健康的漫畫書。這樣的話，看漫畫這個愛好不但能提高中學生的學習能力，而且可以放鬆身心，一舉兩得。這不是更好嗎？

🏷 Tips

通過關鍵句，找出段落大意。
Identify the main idea by finding out the topic sentence.

文章中表達議論或者抒情的句子通常是關鍵句。這些關鍵句通常是段落的第一句或者最後一句，有時候也出現在段落中間。這些句子有助於我們找出段落大意。

例如第 ❶、❸、❹ 段，第一句就是關鍵句。而第 ❷ 段，關鍵句則在中間，要讀到 “在他們看來……”，才能明白這段主要講 “中學生對漫畫的看法”。

In a passage, sentences which express feelings or attitudes are usually topic sentence. These sentences are usually the first or the last sentence in paragraphs. But sometimes they can also be in the middle. These sentences can lead us to the gist of a paragraph.

For instance, in paragraph❶, ❸, ❹, the first sentence is the topic sentence. On the other hand, in paragraph ❷, the topic sentence is in the middle. You need to read the sentence " In their point of view...", then you realize the paragraph is talking about "how middle school students see comics".

根據文章 2，找出與各個段落相應的段落大意。把答案寫在橫線上。
According to passage 2, find out the main ideas of each paragraph and write the answers on the lines.

① 第 ❶ 段 ＿＿＿＿　　A. 家長對看漫畫的看法。

② 第 ❷ 段 ＿＿＿＿　　B. 漫畫是主流文化。

③ 第 ❸ 段 ＿＿＿＿　　C. 中學生對看漫畫的看法。

④ 第 ❹ 段 ＿＿＿＿　　D. 漫畫對人生觀有很壞的影響。

　　　　　　　　　　　E. 作者對看漫畫的看法。

　　　　　　　　　　　F. 漫畫是一種亞文化。

根據 ❷，從下面提供的詞語中，選出合適的詞填空。

According to ❷, choose the suitable words in the box and fill in the blanks.

> 不僅　但是　所以　此外　也　雖然　而且　因為　然後

⑤ [–5–] _____　⑥ [–6–] _____　⑦ [–7–] _____

⑧ [–8–] _____　⑨ [–9–] _____　⑩ [–10–] _____

根據 ❸－❹，填寫下面的表格。Complete the boxes according to ❸-❹.

在句子裏	這個字／詞	指的是
⑪ 他們認為漫畫只是一種亞文化……	"他們"	
⑫ 這樣發展下去……	"這樣"	
⑬ ……他們的人生觀將會受到很壞的影響	"他們"	
⑭ 但作為亞文化也有它存在的合理性……	"它"	
⑮ 看漫畫這個愛好……	"這個"	

選出正確的答案。Choose the correct answer.

⑯ 這是_____。

A. 一篇日記　　B. 一張宣傳單　　C. 一封書信　　D. 一篇文章

🎧聽力訓練 Listening Tasks

一、《青年生活》 🎧7

你將聽到六段錄音，每段錄音兩遍。請在相應的橫線上回答問題 ①－⑥。回答應簡短扼要。每段錄音後會有停頓，請在停頓期間閱讀問題。

You will hear 6 recordings, and each audio will be played twice. Answer the question ①-⑥ with short answers. There will be a pause after each recording is played. Please read the questions during the pause.

① 這個同學最大的愛好是什麼？

_____

② "我" 打算幹什麼？

_____

③ 康康晚上做什麼？

_____

④ 男孩死亡的原因是什麼？

_____

⑤《街頭籃球》這個網絡遊戲要求玩家做什麼？

_____

⑥ 多多的愛好對她有什麼幫助？

_____

二、《Z 世代青年》

你即將聽到第二個聽力片段，在聽力片段二播放之前，你將有四分鐘的時間先閱讀題目。聽力片段將播放兩次，聽力片段結束後，你將有兩分鐘的時間來檢查你的答案。請用中文回答問題。

You will hear the second audio clip. You have 4 minutes to read the questions before it starts. The clip will be played twice, after it ends, 2 minutes will be given to check the answers. Please answer the questions in Chinese.

根據第二個聽力片段的內容，回答問題 ①-⑨ 。

According to the second audio clip and answer the question ①-⑨.

根據第二個聽力片段的內容，從 A，B，C 中，選出一個正確的答案，把答案寫在橫線上。

According to the second audio clip, choose the right answer from A, B, C and write it on the line.

① Z 世代人可能出生於_____。

    A.1990－2000 年   B. 1995－2010 年   C. 1990－2010 年

② Z 世代人的特點是_____。

    A. 喜歡待在家裏   B. 以男生為主   C. 不用社交媒體

③ Z 世代人在_____上展示"真正的我"。

    A. 臉書   B. 年輕人自己喜歡的平台   C. 推特

Tips

如 何 做 聽 力 簡 答 題 ？
How to handle short questions in listening?

做聽力簡答題，很重要的一點是要先看題目，劃重點。把關鍵詞 / 句劃出來，以便等一下聽的時候，重點聽和這個關鍵詞 / 句相關的信息。

例如：第一題，關鍵句是"最大的愛好"。不要一聽到愛好，就把所有愛好都寫上去。

再如：第三題的關鍵詞是"晚上"，而不是"下午"或"早上"。

Before doing listening exercises, make sure to read the title and headline the keywords. Then when you start, pay extra attention to the information that is related to the keyword / sentence.

For example, in the first question, the keyword is" 最大的愛好 (favorite hobby)", so don't write all the hobbies as soon as you hear the word" 愛好 (hobby)".

For another example, the keyword of question 3 is " 晚上 (night)", therefore, don't answer anything that happened in the morning or in the afternoon.

填空，每個空格最多填三個詞語。

Fill in the blanks, three words for each blank at maximum.

Z 世代青年最大的興趣愛好就是【–4–】，其次是看綜藝類節目，因為綜藝類節目具有【–5–】。我們人類還是沒辦法脫離親戚朋友而【–6–】，所以綜藝類節目可以釋放他們【–7–】的壓力。此外，他們也喜歡追星，看遊戲視頻等等。

④ [–4–] ＿＿＿＿＿＿＿＿　　⑤ [–5–] ＿＿＿＿＿＿＿＿

⑥ [–6–] ＿＿＿＿＿＿＿＿　　⑦ [–7–] ＿＿＿＿＿＿＿＿

回答下面的問題。Answer the following questions.

⑧ 00 後的創造力體現在……

_____

⑨ 這是一篇……

_____

✍ 寫作訓練：演講稿 Writing Tasks: Script

熱身

● **根據課文一，討論演講稿的格式是什麼。**

According to text 1, discuss the format of a speech script.

● 如何寫好一篇演講稿？ How to write a good script?

格式 參考課文一

> 尊敬的校長、各位同學：
>
> □□開頭：問候語＋自我介紹＋演講主題
>
> □□正文：有條理地闡述觀點
> 　首先……
> 　其次……
> 　最後……
>
> □□結尾：總結觀點＋提出呼籲＋表達感謝
> 　總而言之／綜上所述／總之……
> 　謝謝大家！

Tips

1. 寫演講稿的時候，可以適當引用名人名言讓演講稿更有說服力。
   A script can be more persuasive with some quotes by famous people.

   例如：課文一通過引用古人"孤樹結成林不怕風吹，滴水積成海不怕日曬"來說明團結的重要性。
   For instance: Text 1 quotes" 孤樹結成林不怕風吹，滴水積成海不怕日曬 " (solidarity is strength) to emphasize how important the unity is.

2. 寫演講稿的時候，也可以適當運用比喻論證的方法，用人們熟知的事物，通過打比方的方式來論證觀點，將抽象的道理形象化、淺顯化，從而使讀者更容易理解。
   You can apply metaphorical arguments appropriately in your script. Things that people are familiar with can create simplified and visualized images, making them easier to understand.

   例如：在課文一中，"如果沒有了奮鬥目標……就像大海中的船沒有了航標燈，只能在海上沒有目的地漂流，永遠沒辦法到達目的地"就運用了比喻論證的方法，來說明"樹立正確的價值觀，要有明確的人生目標"。
   For example: In text 1, the sentence " 如果沒有了奮鬥目標……就像大海中的船沒有了航標燈，只能在海上沒有目的地漂流，永遠沒辦法到達目的地 "(it is like a boat without a light amidst the ocean if there is no goal to strive.) is a metaphorical argument, which is used to demonstrate the importance of "building up correct values and having specific life goals".

學校最近舉行演講比賽，題目是《友情的重要性》，請根據題目寫一篇演講稿。字數：100-120 個漢字。

演講稿必須包括以下內容：

- 你的經歷
- 為什麼友情很重要
- 你的感想或呼籲大家重視友情

學生會將舉行一場演講比賽，題目是《保護亞文化的重要性》，請根據題目寫一篇演講稿。字數：300-480 個漢字。

Lesson 3 Home life
家 庭 生 活

 導 入 Introduction

父愛如山，母愛似水，家是永恆的港灣。穩定的家庭生活對青少年形成健全的人格極為重要，它是人最初的也是最重要的環境。然而，有時候家人之間卻因缺乏溝通而使得家庭關係變得緊張。如何處理家庭關係呢？這一單元將帶領我們走進家庭生活，探索家人之間的關係以及家庭的重要性。

As a Chinese proverb says: the father's love is as great as a mountain, the mother's love is as gentle as a flow. A family is always the eternal harbor for us. It is the initial and the most essential environment for children, a stable home life is the foundation of sound personalities for teenagers. However, sometimes a family can have moments of tension for lack of communications. How to handle home relationships? In this lesson, we will walk into home lives, and explore the relationships among family members and the importance of a family.

學習目標 Learning Targets

閱讀 Reading

- 學會理解題目。
  Learn how to comprehend titles properly.

口語 Speaking

- 學會回答問題。
  Learn how to answer questions.

- 掌握如何採用分論點支持觀點。
  Know how to illustrate the point of view with sub-arguments.

聽力 Listening

- 掌握如何通過關鍵詞語抓住觀點。
  Know how to find the point of view by listening to key words.

寫作 Writing

- 學會審題。
  Learn to analyze the topic.

zì háo 自豪 be proud of	
zuò xué wen 做學問 engage in scholarship	
xiào shùn 孝順 filial	
zhōng huá mín zú 中華民族 the Chinese nation	
měi dé 美德 virtue	
lǐ mào 禮貌 polite	
kùn nan 困難 difficulty	
chǔ lǐ 處理 deal with	
chǎo jià 吵架 quarrel	
gōu tōng 溝通 communicate	
kòng zhì 控制 control	
làng fèi 浪費 waste	
wēi xìn 微信 Wechat	
jiè jiàn 借鑒 use for reference	
zhú jiàn 逐漸 gradually	
hé xié 和諧 harmonious	

① 課文　給孩子的一封信 🎧9

親愛的孩子：

最近還好嗎？媽媽一直有很多話想跟你說，可是自從你上中學以後，我們經常因為一些小事吵架，這讓媽媽很傷心，也很煩惱。既然當面無法溝通，媽媽就想通過寫信的方式和你說說心裏話。

孩子，從小到大，你一直是爸爸媽媽的驕傲，我們為你的每一次進步感到快樂和自豪。可是上中學後，你整個人都變了，整天不是玩兒遊戲，就是看電腦。每次媽媽說你，你就對媽媽大喊大叫。俗話說，"先做人，再做事，其次才是做學問。"所謂"百善孝為先"，孝順是中華民族的傳統美德。你連基本的禮貌都沒有做到，怎麼能做到"孝順"媽媽呢？

關於"做事"，作為中學生，你應該學會自己面對困難。在學校要是碰到不順心的事，要學會自己處理。做事之前要學會反覆思考，不要為了一點兒小事就和同學吵架，要

多溝通，多學習他人的長處。

再說“做學問”，我看你每天晚上房間的燈到深夜十二點都還沒關，也不知道你是在房間裏玩兒遊戲呢，還是真的在讀書。適當玩兒一下遊戲減輕學習壓力是可以的，但如果不會控制自己，把時間浪費在打遊戲或者微信聊天兒上，那就不應該了。等到考試不及格，再後悔就來不及了。另外，在學習方面，不要死記硬背，多借鑒一些好的學習方法，充分利用時間，制定好學習計劃，一步一個腳印地向前走。

孩子，你上中學後，媽媽逐漸認識到，養育孩子的過程，也是媽媽與你共同成長的過程。在這個過程中，我們都需要有耐心。

親愛的孩子，良好的親子關係需要我們良好的溝通。在今後的日子裏，媽媽希望和你一起逐漸改正各自的缺點，互相體諒，讓我們每天進步一點點，使我們的家庭更加和諧。我們一起努力，好嗎？

　　祝
學業進步！

　　　　　　　　　　媽媽

　　　　　　　2021 年 2 月 14 日

Culture Point

“孝”最基本的寓意是孩子小的時候，父母在上面為孩子遮風擋雨；孩子長大了，父母老了，孩子在下面背著父母，這就是“孝”。真正意義上的“孝”是以“敬”為前提的，對內心的“敬”最好的表達就是“順”，“順”就是趨向同一個方向，即“孝順”“孝敬”。孝養父母，沒有一定的形式，但皆要出自敬愛之心。孝順父母是中華民族的傳統美德，古人講的“百善孝為先”在中華民族這個禮儀之邦永遠不會過時。

The fundamental implication of the word" 孝 " is: when the child is young, parents shelter him from the outside world. After parents get old, the grown-up carries them on the back. This is the meaning of " 孝 " on surface. The genuine meaning of " 孝 " is on the premise of respect (" 敬 "), and the best expression of " 敬 " is " 順 ", which means inclining to the same direction, also known as" 孝順 "(filial piety) and" 孝敬 "(filial respect). There is no fixed form to" 孝順 " your parents, yet every conducts you have to adhere to the spirit of respect and love in mind. The filial piety is the traditional virtue of Chinese, as the old saying goes, "The filial piety is the virtue of second to none." The concept will never get outdated in China, the nation of etiquette.

把字句 "把" sentence

把字句常常用來強調説明動作對某事物如何處置及處置的結果。

" 把 " sentence is usually used to stress how the object of a verb is disposed of and what result is brought about.

Structure ▶ 主語 + 把 + 賓語 + 動詞 + 在 / 到 + 處所

subject + 把 + object + verb + 在 / 到 + place

主語 + 把 + 賓語 + 動詞 + 其他成分 subject + 把 + object + verb + …

> **E.g.**
> - 他把時間浪費在打遊戲上了。 He wasted his time on playing games.
> - 老師叫我把 "禮貌" 這兩個字抄寫五遍。Teacher told me to write the word "禮貌" five times.

注意 Notes

① "把" 後面的賓語是主語心中已知的物體,不是未知的物體。

The object of " 把 " is something definite in the mind of the speaker.

> **E.g.**
> - 不可以說:我把一本書買了。應該說:我把那本書買了。
>   For example, the sentence "我把一本書買了" is wrong, you should say "我把那本書買了".

② "把" 後面的動詞要加其他成分,如 "買了" "打開",不可以單獨一個動詞。

In a " 把 " sentence, there must be some constituent that follows the verb.

> **E.g.**
> - 不可以說:我把作文寫。應該說:我把作文寫了 / 我把作文寫完了。
>   For example,"我把作文寫" is a wrong sentence, you should say "我把作文寫了 / 我把作文寫完了".

③ "把" 後面的動詞,必須是可以加賓語的動詞,並帶有處置或支配的意義。如 "讀" 書,"看" 書,"買" 書。沒有處置意義的動詞,不可以用在把字句。如:來、回、喜歡、知道。

The main verb of a " 把 " sentence should be transitive and have a meaning of disposing or controlling something. The verbs without such a meaning, such as come, go back, like, know, can't be used in the " 把 " sentence.

> **E.g.**
> - 不可以說:我把這張票有。應該說:我把這張票買了。
>   For example,the sentence "我把這張票有" is wrong in the usage of "把" , you should say "我把這張票買了" instead.

課文理解 Reading Comprehensions

① 媽媽為什麼要給孩子寫信？

② 上中學後，孩子發生了什麼變化？

③ 媽媽認為什麼是中華民族的傳統美德？你同意嗎？

④ 孩子應該如何面對困難？

⑤ 媽媽認為應該如何"做學問"？

概念與拓展理解 Concepts and Further Understanding

① 課文一的寫作對象是誰？ Who is the target audience in text 1?

② 如果是西方的媽媽給孩子寫信，信的內容會是一樣的嗎？
Will the context be the same if this letter is written by a Westerner?

③ 如果家庭生活改變了，你會不會變成不一樣的人？
Will you become different if your home life changes?

④ 如果你是文中的孩子，你該怎麼寫回信？ What will you write in reply if you were the child in text 2?

⑤ 寫信的對象改變了，詞彙的選擇和語氣的使用也會不同嗎？
Will the lexicon and tone be different when the target audience changes?

從所提供的選項中選出正確的答案。Choose the correct answer from the following choices.

① 虛心使人進步，驕_____使人落後。

    A. 敖   B. 熬   C. 嗷   D. 傲

② 每個人都有理由為自己的國家和民族感到驕傲和自_____。

    A. 豪   B. 嚎   C. 濠   D. 壕

③ 樂於助人、尊老愛幼是中華民族的傳統美_____。

    A. 得   B. 德   C. 待   D. 的

④ _____父母，不只是嘴上説説，幫父母做做家務也是好的。

    A. 教順   B. 孝頁   C. 孝順   D. 校順

⑤ 在公共場合，我們要特別注意文明禮_____。

    A. 貓   B. 帽   C. 貂   D. 貌

選出與下列劃線詞語意思相同的選項。Choose the synonyms of the underlined words below.

⑥ 面對一大堆的問題，他不知道如何<u>處理</u>。   ☐

    A. 解決   B. 理解   C. 扔掉   D. 處方

⑦ 看到父母<u>吵架</u>，他趕緊收拾書包離開了家。   ☐

    A. 爭吵   B. 打架   C. 生悶氣   D. 鬥氣

根據意思寫詞語。Write the words relate to the meanings.

⑧ 從他人那裏學習或吸取經驗教訓。_____

⑨ 相處得很好，很協調。_____

⑩ 對人力、財物、時間等用得不當或沒有節制。_____

⑪ 對事情有所把握，操縱。_____

⑫ 人與人之間、人與群體之間思想與感情的傳遞和反饋的過程。_____

賓果遊戲。圈出本課學過的詞語，半分鐘之內，看誰找出的詞語最多。注意，所找的詞語必須在同一條直線上，如橫線、豎線或斜線。然後用至少 5 個詞語編寫家庭小故事，和你的同學分享。

Bingo. Please circle the vocabularies that we have learned in this lesson, see who finds the most in half a minute. Be careful, the words you found need to be on the line, including horizontal, vertical, and diagonal. Then try to make a story related to family with five words, and share it with your classmates.

⑬

制	理	架	吵	先
處	控	費	為	諧
欺	浪	孝	通	和
負	善	順	交	溝
百	係	關	際	人

寫下你找到的詞語：Write down what you found

寫下你的家庭小故事：Create your family story

判斷下面"把字句"的使用是否正確，如果錯誤請訂正。

Determine whether the "把" sentences are used appropriately or not, and correct them if there is any mistake.

⑭ 樂樂把一本書帶到了學校。　　⑮ 我把信回。

⑯ 請把那兒的情況給我們介紹一下。　　⑰ 多多，你把門打開。

⑱ 我把那部戲劇很喜歡。　　⑲ 我把一個書包有。

🕐 課堂活動 Class Activities

大風吹 A Great Wind Blows

大家圍坐成一圈，主持人站在圈中間。活動開始時，主持人說"大風吹"，大家問"吹什麼"，主持人說"吹今天和家人吵架的人"，凡是今天和家人吵架的人都要移動，重新搶佔位置，沒有搶到位置的人成為新的主持人。繼續重複上面的程序，主持人的問題必須是和親子關係有關的問題。如：吹今天被沒收手機的人。

The classmates sit in a circle, and the host stands in it. When the game begins, the host says "a great wind blows", and the rest of them ask"what to blow", and the host calls out like "the people who quarrel with their families", then every classmate who quarrels with their families today need to run and take a new position. The person who can't get a seat will be the new host. The procedure above will repeat again. Be careful, the questions of the host must be related to the topic "parent-child relationship". E.g. "the people whose cell phones were confiscated".

如何回答問題？
How to answer a question properly?

在回答老師的提問時，要避免三言兩語就回答完畢，應該結合問題中的現象多談論自己的看法，適當地延伸話題。

When you are replying to the teacher's questions, try not to hasten your answer in 2-3 sentences, you should express your perspectives with the phenomena inside the question, then extend your topic appropriately.

例如"代溝"問題，日常生活中隨處可見，如果能深入挖掘，分析代溝產生的原因，以及由此引起的不良後果，提出如何處理的建議，聯繫上一課關於年輕人的價值觀、人生觀和道德風尚等加以充分表達，效果更好，也能完整地體現出考生的思考能力。另外，回答的內容充實，也可以避免被老師提問更難的問題，陷入被動局面。

For example, the topic "generation gap" is very common in daily life. If we dig into it and try to analyze the reasons behind and the negative consequences, we should be able to make decent advice and suggestions based on the young's values, views of life, and morality that we have learned in the last lesson. A proper answer can demonstrate the reflecting ability of a student, on top of that, an equipped answer can also avoid advanced questions from teachers and prevent yourself from being in a passive situation.

口語訓練 Speaking Tasks

第一部分 根據主題"家庭生活"，做 2-3 分鐘的口頭表達。做口頭表達之前，先根據提示寫大綱。

Make a 2-3 minutes oral presentation on the theme "home life". Before you start, use the form below to make an outline.

大綱 Outline	內容 Content
觀點 Perspectives	
事例 Examples	
名人名言 Famous quotes / 熟語 Idioms	
經歷 Experiences	
總結 Summary	

第二部分 回答下面的問題。Answer the following questions.

① 週末你和家人通常會做什麼？

② 有些家庭會設立一個"家庭日"，那天家裏的每個人都要回到家中，不可以出去和別的朋友玩兒。你怎麼看這個"家庭日"的規定？

③ 有些老人會被送到養老院，一些人覺得這是不孝敬老人的表現，你怎麼看？

④ 現在的年輕人跟父母都有代溝，你覺得這是什麼原因造成的？

⑤ 西方家庭也倡導孝順這種美德嗎？西方的家庭教育和中國的家庭教育有什麼異同？

② 課文　建立良好的親子關係 🎧⑩

你是不是正在為無法和孩子溝通而煩惱？到底應該如何和孩子溝通，建立良好的親子關係呢？在親子關係的培養中，父母如果能根據孩子的特點進行恰當的引導，將影響孩子的一生。良好的親子關係很重要，它有助於孩子的情感朝正確的方向發展。成功的家庭教育就是與孩子建立良好的親子關係。因此，大家有必要仔細讀一下這本關於親子關係的小冊子。

一、親子關係

親子關係是父母與子女所建立的一種家庭關係，通過父母與孩子之間的教養關係，建立情感聯繫。

二、如何建立良好的親子關係

1. 了解和尊重孩子的成長規律。

2. 了解孩子的興趣、個性和習慣，尊重孩子的選擇。

3. 定期與孩子進行有效的溝通，把孩子當作成人來談話。

4. 尊重孩子，給孩子自主活動的時間和空間。

5. 重視培養孩子良好習慣的養成。

三、建立良好親子關係的意義

1. 促進孩子積極的情感發展。

2. 增進孩子的社會責任感。

3. 有利於孩子的人際交往。

4. 有助於培養孩子認真的學習態度。

生詞短語

qīn zǐ guān xì
親子關係
parent-child relationship

péi yǎng
培養 cultivate

yǐn dǎo
引導 guide

qíng gǎn
情感 emotion

jiào yǎng
教養 upbringing

guī lù
規律 law

xí guàn
習慣 habit

xuǎn zé
選擇 choice

dìng qī
定期 regulate

yì yì
意義 meaning

cù jìn
促進 promote

shè huì
社會 society

zé rèn gǎn
責任感 responsibility

dù
度 extent

chǒng ài
寵愛 spoil

hé xīn
核心 core

duān zhèng
端正 correct

　　培養親子關係需要牢牢掌握一個 "度"，既不能太把自己當家長，拉遠與孩子的距離，也不能過分寵愛孩子。建立良好的親子關係的核心是父母端正自己的教養方式，尊重孩子，給孩子獨立的空間，維護孩子的自尊心。希望以上關於建立良好親子關係的建議對大家有幫助。

樂心育兒中心

2021 年 3 月 13 日

語法重點 Key Points of Grammar

正反疑問句：是不是／是否

Affirmative-negative question: 是不是／是否

"是不是" 是對某一事實或情況已經有所了解，為了進一步證實，就用 "是不是／是否" 來構成正反疑問句。注意："是不是" 可以放在句首、句尾或放在謂語前面。

" 是不是 " is usually used in an occasion that someone has known a fact or situation already, for further verification, people use the word" 是不是／是否 " to build up an affirmative-negative question. Be careful, " 是不是 " can be put at the beginning, the end of a sentence, and the front of a predicate.

> **E.g.**
> ● 你是不是正在為無法和孩子溝通而煩惱？
>   Are you upset about lacking communication with children or not?
> ● 是不是你的課本丟了，所以才拿複印本？
>   Are you using a copy because of losing your textbook or not?
> ●《大魚》這部動畫片大家都看過了，是不是？
>   Has everyone watched the animated movie "Big Fish" or not?

🔍 課文理解 Reading Comprehensions

① 為什麼需要了解親子關係？

② 什麼是親子關係？

③ 如何建立良好的親子關係？

④ 建立良好的親子關係有什麼意義？

⑤ 如何掌握培養親子關係的 "度" ？

☁️ 概念與拓展理解 Concepts and Further Understanding

① 課文二是什麼文體？ What is the text type of text 2?

② 課文二是誰寫的？ Who wrote this text?

③ 課文二是怎樣清楚地向讀者介紹親子關係的？
How does text 2 introduce parent-child relationship to the readers in detail?

④ 你認為文章給的建議有用嗎？你會把文章的建議介紹給你的父母嗎？
Do you think the suggestions from the text are helpful? Will you introduce them to your parents?

⑤ 在如何與父母建立良好的親子關係的問題上，語言能發揮什麼作用？
In the issue of establishing a healthy parent-child relationship, how can languages contribute to it?

把下面的詞語組成正確的詞組。 Connect the corresponding words below to form a correct phrase.

① 培養　　　　關係　　　② 養成　　　　習慣

　引導　　　　情感　　　　端正　　　　發展

　親子　　　　方向　　　　促進　　　　態度

從生詞表裏找出下列詞語的同義詞。

Find the synonyms of the following words in the vocabulary list.

③ 修養＿＿＿＿＿＿　④ 順序＿＿＿＿＿＿　⑤ 抉擇＿＿＿＿＿＿

從生詞表裏找出下列詞語的反義詞。

Find the antonyms of the following words in the vocabulary list.

⑥ 活期＿＿＿＿＿＿　⑦ 討厭＿＿＿＿＿＿　⑧ 外圍＿＿＿＿＿＿

選擇正確的詞語填空。 Fill in the blanks with the right words.

> 意義　　社會　　責任感　　度　　端正　　親子關係

⑨ 父母不應該一直打罵孩子，這樣會傷害＿＿＿＿＿＿。

⑩ 讓孩子實際參與到家務中，能喚醒他們對家庭的＿＿＿＿＿＿。

⑪ 年輕人要在＿＿＿＿＿＿實踐中增長才幹。

⑫ 只有＿＿＿＿＿＿學習態度，學習才會進步。

⑬ 凡事都要掌握一個＿＿＿＿＿＿，做得太過了，反而對自己不好。

⑭ 人的一生要過得有＿＿＿＿＿＿，不要整天無所事事。

將下面多多說的話改成使用"是不是"的正反疑問句。

Transfer the sentences that "多多" said into affirmative-negative questions with the word "是不是".

⑮ 凱瑞：我數學題不會做，跑去辦公室找老師，但老師不在。

　　多多：老師可能去開會了。

⑯ 凱瑞：我給我的外國朋友煮水餃吃，可是他咬一口就吐出來了。

多多：你的水餃煮熟了嗎？

⑰ 凱瑞：我在機場等韓國明星 BTS 等了快一個小時了，他們到現在還沒出現。

多多：可能是天氣不好，飛機晚點了。

🕐 課堂活動 Class Activities

畫一畫 Draw a picture

畫一畫你家的平面圖，圖中包括家裏的各個房間和角落。在平面圖中畫出或填寫：

Trace out a plan of your home including every room and corner. Write down the answers of the following questions below on your plan:

- 平常家裏最熱鬧的地方
- 平常家裏最冷清的地方
- 在家中最常聽到的話有哪些
- 一想到家，你會有哪些聯想
- 你希望家庭氛圍是怎樣的
- The most lively place
- The most deserted place
- The most common conversations
- The thoughts that come to mind when you are thinking of home
- The ideal home atmosphere

語文
數學
英語
鋼琴

第一部分　根據圖片，做 3-4 分鐘的口頭表達。做口頭表達之前，先根據提示寫大綱。

Make a 3-4 minutes oral presentation based on the picture. Before you start, use the form below to make an outline.

大綱 Outline	內容 Content
圖片內容 Information of the picture	
圖片主題 Theme of the picture	
提出觀點 Make your points	
延伸個人經歷 Relate to personal experiences	
名人名言 Famous quotes / 熟語 Idioms	
總結 Summary	

　　回答下面的問題。Answer the following questions.

① 親子關係不好都是父母的錯嗎？

② 有些同學認為親子關係不重要，你怎麼看？

③ 你給你的父母過過生日嗎？為什麼？

④ 父母在對你的教育上有不同意見嗎？你會如何處理呢？

⑤ 有些人認為只有聽父母的話，今後的人生才會順利。你同意嗎？

 Tips

採用分論點支持觀點
Apply sub-arguments to support your thesis

在回答老師的問題時，可以通過分論點來把自己的觀點說清楚，也可以通過舉例子或引用熟語等加以解釋說明，證明自己的觀點，避免碎片式的思維，或者重複同一個觀點，繞來繞去。

例如：第 5 題，可以分成兩個論點：同意或者不同意。同意的話，可以引用俗語 "不聽老人言，吃虧在眼前"，"父母吃的鹽比我們多，走的路比我們長" 等來印證自己的觀點。

不同意的話，可以通過列舉只聽父母的話，沒有獨立思考的青年人，進入社會後，沒辦法出人頭地等，再聯繫生活實際說明自己的觀點。

When you answer a question, you can explain your thesis through sub-arguments, also it is effective to apply examples or idioms. These measures are helpful to prove your point, and avoid fragmented thinking or repeating the thesis.

For example, there are two perspectives you can decide in question 5: agree or disagree. If you agree, you can quote some idioms like " 不聽老人言，吃虧在眼前 " (If one doesn't heed the elder's advice, he or she will suffer losses) and " 父母吃的鹽比我們多，走的路比我們長 " (Parents eat more salt than us, walk longer distances than us) to prove your points.

If you disagree, you should say that there are obedient teenagers, who only listen to their parents, were found unsuccessful when they get into society, then explain your viewpoint further with real-life experiences.

閱讀訓練 Reading Tasks

文章 1 ｜ 問答卷

仔細閱讀下面的短文，然後回答問題。

Read the passage carefully and answer the following questions.

同學們，今天我們先來做一份問答卷。請在橫線上寫上你的答案。

第一題：

小麗長得漂亮可愛，脾氣也很好。宋江事業有成，對她很好。可是，有一天，全家人出去登山的時候，小麗不小心從山上摔了下來，把兩條腿摔斷了，再也不能走路。你認為這時候宋江會：

A. 繼續和小麗一起生活

B. 雖然沒有離開小麗，但是心裏不再愛小麗

C. 離開小麗

你的答案是：＿＿＿＿

第二題：

李白長得很帥，是很多人心目中的白馬王子，還自己開公司。小貞賺錢不多，但每天上班。有一天，李白的公司倒閉了，不得不賣掉房子和車子來給員工發工資。李白什麼也沒有了，這時候小貞會：

A. 仍然和李白待在一起生活

B. 暫時不會離開李白，以後再做打算

C. 馬上離開李白

你的答案是：＿＿＿＿

同學們，請算一下，全班第一題選 C 的有＿＿＿＿＿＿人？全班第二題選 C 的有＿＿＿＿＿＿人？

現在請大家把第一題的宋江換成父親，小麗換成女兒。請重新做第一題。

請算一下，全班第一題選 A 的有＿＿＿＿＿＿人？

現在請大家把第二題的小貞換成母親，李白換成兒子。請重新做第二題。

請算一下，全班第二題選 A 的有＿＿＿＿＿＿人？

同學們，調查顯示，在第一次做題時有 70% 的人第一題都選 C，而 60% 的人第二題選 C。在第二次做題時，全班 100% 的人兩題都選 A。為什麼呢？因為大家在第一次做題的時候，把題目中的男女當成夫妻。為什麼換成父母，大家的答案卻全部是一樣的？因為同學們都明白，作為父母，他們不會因為身體的殘疾、金錢、美貌來選擇是否愛我們。父母的愛永遠是無私的。

下面請同學們回答老師的最後三個問題：

1. 你的父母是否每年給你慶祝生日？

2. 你是否曾經為父母慶祝過生日？

3. 請在橫線上寫上你父母的出生年月日。

父親：＿＿＿＿＿＿＿＿＿＿＿＿　　母親：＿＿＿＿＿＿＿＿＿＿＿＿

反思：為什麼父母能記住你的生日，而你卻記不住他們的生日呢？

改編自：https://zhidao.baidu.com/question/557648975.html

根據以上短文把下列詞語和句子配對。

Match the sentence with the words according to the short passage above.

例：小麗　　　＿＿D＿＿　　A. 有一份很好的工作。

① 宋江　　　＿＿＿＿＿＿　　B. 認為宋江不會離開小麗。

② 李白　　　＿＿＿＿＿＿　　C. 認為小貞會馬上離開李白。

③ 小貞　　　　＿＿＿＿＿　　　D. 長得漂亮，脾氣也好。

④ 70% 的人　　＿＿＿＿＿　　　E. 認為小貞會暫時離開李白。

⑤ 60% 的人　　＿＿＿＿＿　　　F. 是老闆。

　　　　　　　　　　　　　　　G. 對小貞很好。

　　　　　　　　　　　　　　　H. 認為宋江會離開小麗。

　　　　　　　　　　　　　　　I. 工資不高。

根據短文填空．Fill in the blanks with the given words.

例：小麗 _的_ _腿_ 摔斷 了。

```
腿　　腳　　的　　摔斷
```

⑥ 李白沒有錢了，＿＿＿＿＿ ＿＿＿＿＿ ＿＿＿＿＿給員工發工資。

```
賣掉　　房子　　還錢　　決定
```

⑦ 父母不會＿＿＿＿＿孩子是否＿＿＿＿＿來＿＿＿＿＿是否愛他們。

```
選擇　　有錢　　孝順　　因為
```

文章 2　回家的感覺真好

2021 年 2 月 2 日　　　　　　　　　星期二　　　　　　　　　　　　晴

❶　　到中國農村參加學校組織的義工活動已經一個月了。這是我離家時間最長的一次。在這一個月裏，我經歷了出門在外的各種不適和艱辛。農村環境不如城市，飯又乾又硬，木床更是讓我每晚都不能入睡。這時候，我特別想回家吃一口媽媽做的飯，睡一晚家裏的床，聽一下父親的嘮叨，我已經明白那是爸爸媽媽對孩子的關懷和憐愛。家，原來是我最思念的地方！

❷　今天，夏令營終於結束了，一下車，我就上氣不接下氣地往家裏跑。還沒到門口，就聞到了飯菜的香氣，原來媽媽已經做好了飯菜在家等著我呢。吃著她做的飯，我的眼淚瞬間流了下來。多麼熟悉的味道啊！為什麼以前我都沒有覺得媽媽做的飯會這麼好吃？吃著媽媽給我夾的菜，心裏格外溫暖，這是一種從未有過的感覺，無法用語言來形容。

❸　吃完晚飯後，爸爸還親自做富含維生素的果汁給我喝。弟弟靜靜地坐在一旁，耐心地聽我講我在農村的各種經歷。做義工後，我才知道只有在家才可以享受不受任何約束的自由，可以和弟弟大聲吵鬧，可以在家裏播放卡拉OK，大聲高歌，真是快樂極了！說實在的，以前覺得家並不怎麼好，也不溫馨。媽媽的嘮叨，爸爸的責罵，弟弟的吵鬧，一度讓我想離家出走。現在想來，真是可笑。直到去農村做義工，我才知道家的可愛和溫馨。我坐在沙發上，悠閒地享受著父母無微不至的關懷，覺得自己是世界上最幸福的人。

❹　夜晚來臨，我打開桌上的台燈，躺在軟軟的床上，三十天的苦和累在此刻全部都消失了。都說家是永遠的避風港，真是沒錯，回家的感覺真好！

根據文章 2，找出與各個段落相應的段落大意。把答案寫在橫線上。

According to passage 2, find out the main idea of each paragraph and write the answers on the lines.

① 第 ❶ 段 _____　　A. 家是最溫馨最自由的地方。

② 第 ❷ 段 _____　　B. "我" 在農村做義工的感受。

③ 第 ❸ 段 _____　　C. 回家吃媽媽煮的飯菜感覺到家的溫暖。

④ 第 ❹ 段 _____　　D. 回家的感覺真好。

　　　　　　　　　　E. "我" 到農村做義工。

　　　　　　　　　　F. 和弟弟分享 "我" 做義工的經歷。

根據 ❶，選出最接近左邊詞語的解釋。把答案寫在橫線上。

According to ❶, choose the correct definitions and write the answers on the lines.

⑤ 義工 ＿＿＿＿＿　　A. 親身見過、做過或遭受過

⑥ 經歷 ＿＿＿＿＿　　B. 去農村工作很有意義

⑦ 艱辛 ＿＿＿＿＿　　C. 疼惜

⑧ 嘮叨 ＿＿＿＿＿　　D. 自願參加公益活動的人

⑨ 憐愛 ＿＿＿＿＿　　E. 可憐的愛人

⑩ 思念 ＿＿＿＿＿　　F. 説話重複或圍繞一個道理説差不多相同的話

　　　　　　　　　　G. 想著或回憶一件事或一個人

　　　　　　　　　　H. 知道

　　　　　　　　　　I. 生活、工作等條件差，十分困難

根據 ❶，回答下面的問題。Answer the following question according to ❶.

⑪ 寫出 "我" 特別想回家做的事。

a. ＿＿＿＿＿＿＿＿＿＿＿＿＿＿＿＿＿＿＿＿＿＿＿＿＿＿＿＿＿＿＿＿＿＿

b. ＿＿＿＿＿＿＿＿＿＿＿＿＿＿＿＿＿＿＿＿＿＿＿＿＿＿＿＿＿＿＿＿＿＿

c. ＿＿＿＿＿＿＿＿＿＿＿＿＿＿＿＿＿＿＿＿＿＿＿＿＿＿＿＿＿＿＿＿＿＿

根據 ❷、❸，選出五個正確的敘述。把答案寫在橫線上。

According to ❷ and ❸, choose five correct descriptions and write the answers on the lines.

文中提到 "我" 回家感覺很好的原因包括：

⑫ ＿＿＿＿＿　　A. 媽媽做的飯菜很好吃。

　　＿＿＿＿＿　　B. 弟弟很安靜。

　　＿＿＿＿＿　　C. 可以享受父母對 "我" 的關心。

　　＿＿＿＿＿　　D. 在家裏覺得很快樂。

　　＿＿＿＿＿　　E. 在家裏很自由。

　　　　　　　　F. "我" 有自己的台燈。

　　　　　　　　G. 家裏的床很柔軟。

　　　　　　　　H. 可以在家裏大聲唱歌。

選出正確的答案。Choose the correct answer.

⑬ 這是 ＿＿＿＿＿＿。

A. 一篇日記　　B. 一張宣傳單　　C. 一封書信　　D. 一篇訪談稿

理解題目 Comprehend titles

題目是文章的眼睛，也是理解文章的線索。學會對題目質疑，不僅有利於對文章內容的理解，而且還可以很好地把握作者的寫作思路。養成見到題目就提問題的習慣，可以增加中文閱讀的興趣。結合文章二的題目，試著提出三個問題。

Titles are the eyes of the passages, they are also the essential clues, leading us to have comprehension. Through questioning the title, we could have a better understanding of the content, also the threads of writing are more clear to us. The habit of having questions in mind when you see a title can enhance the interest of reading. Try to make three questions after you examine the title of passage 2.

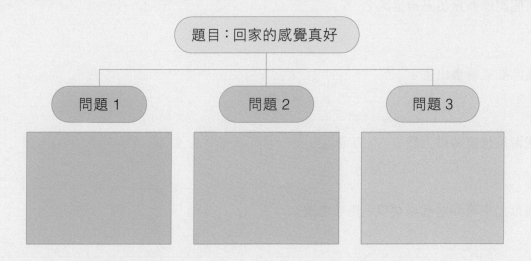

提問題可以從以下三個角度去展開：

There are three points of view you can start with:

聽力訓練 Listening Tasks

一、《家庭生活》

你將聽到六段錄音，每段錄音兩遍。請在相應的橫線上回答問題 ①–⑥。回答應簡短扼要。每段錄音後會有停頓，請在停頓期間閱讀問題。

You will hear 6 recordings, and each audio will be played twice. Answer the question ①-⑥ with short answers. There will be a pause after each recording is played. Please read the questions during the pause.

① 這個同學有幾個兄弟姐妹？

_____

② 媽媽要去哪裏出差？

_____

③ 補習班什麼時候上課？

_____

④ 觀眾如果看到這個小女孩，應該怎麼辦？

_____

⑤《小歡喜》主要講述了什麼故事？

_____

⑥ 樂樂的媽媽因為什麼事情去找老師？

_____

二、《我該怎麼辦》

你即將聽到第二個聽力片段，在聽力片段二播放之前，你將有四分鐘的時間先閱讀題目。聽力片段將播放兩次，聽力片段結束後，你將有兩分鐘的時間來檢查你的答案。請用中文回答問題。

You will hear the second audio clip. You have 4 minutes to read the questions before it starts. The recording will be played twice, after it ends, 2 minutes will be given to check the answers. Please answer in Chinese.

根據第二個聽力片段的內容，回答問題 ①-⑨ 。
According to the second audio clip, answer the question ①-⑨.

根據第二個聽力片段的內容，從 A, B, C 中，選出一個正確的答案，把答案寫在橫線上。
According to the second audio clip, choose the right answer from A,B,C and write it on the line.

① 今晚這個節目的主題是什麼？_____

　　A. 中學生朋友的來信　　B. 我該怎麼辦　　C. 心靈空間

② 今天是什麼日子？_____

　　A. 初一　　　　　B. 沒有提到　　　C. 大年三十

③ 這個中學生給主持人寫信的目的是什麼？_____

　　A. 告訴大家他放假要留在學校裏過春節。

　　B. 想讓主持人和聽眾朋友給點兒建議。

　　C. 想述説自己家裏的問題。

填空題，每個空格最多填三個詞語。Fill in the blanks. Three words for each blank at maximum.

　　其實，爸爸媽媽吵架，都是因為在對我的教育上【–4–】，誰也不贊同誰的教育方式。每次他們吵架，我也不知道聽誰的，他們【–5–】，而我也不知道誰對誰錯。正因為這樣，我變得誰也不相信，人也容易【–6–】，人際交往就更別提了。當看見別人的父母帶著自己的孩子去旅遊時，我很羨慕，我只是要一個和和睦睦的家，為什麼就這麼難？俗話説，【–7–】，如果一家人都不能和睦相處，那還是家嗎？

④ [–4–] _____

⑤ [–5–] _____

⑥ [–6–] _____

⑦ [–7–] _____

回答下面的問題。Answer the following questions.

⑧ 面對父母的不斷爭吵，"我"感到……

_____

⑨ 因為得不到父母足夠的愛護和關心，"我"在學校變得怎麼樣？

_____

Tips

如何通過關鍵詞語抓住觀點？ How to catch the point through keywords?

在做聽力的過程中，要學會抓住關鍵詞語，結合聽力材料提供的情境，快速抓住主要內容，才能聽出聽力材料要表達的觀點和用意。

During the listening, you should try to grasp the keywords and combine them with the situation which is provided by the material. Once you fetch the main content, then the perspectives and purposes of the listening material can be ascertained.

例如 For example:

	問題 Question	關鍵詞語 Keyword
①	為什麼不喜歡待在家裏？ Why the speaker doesn't like to stay at home?	爸爸媽媽的爭吵 the quarrel between father and mother
②	為什麼爭吵？ Why do they quarrel?	對我的教育 the education for me
③	爭吵的後果是什麼？ What are the consequences?	恐懼和煩惱 fear and irritation

根據以上問題，得出文章的觀點：我無法和別人相處，和同學打架。

再根據情境 "春節到了，我一個人在學校" 得出文章的用意：到底該不該回家，請求主持人給建議。

The point of view of the passage based on the questions above: I can't get along well with others and fight with classmates.

Then figure out the idea of the passage from the situation "It is Spring festival. I am alone in the school": whether I should go back home, hoping the host give advice.

 **寫作訓練：書信** Writing Tasks: Letter

熱身

● **根據課文一，討論書信的格式是什麼。**

　　According to text 1, discuss the format of a letter.

● **如何寫好一封書信？** How to write a proper letter?

Tips

文體：書信

Text type: Letter

因個人的事情寫信給親人、朋友、長輩的信件。

A letter of personal matters sent to your family members, friends, and eldership.

格式　**參考課文一**

親愛的 / 尊敬的 xx

　□□開頭：問候語 + 寫信目的

　□□正文：信的主要內容 + "我" 的建議和想法

　□□結尾：結束語 + 期待

□□祝
身體健康！

友
xx 年 x 月 x 日

你朋友的媽媽對她要求很嚴格,而且脾氣不好,經常批評她。這對你朋友的學習造成了很大壓力。她給你寫了一封信,述說她的煩惱,請寫封回信,給你的朋友一些建議,並說說你對親子關係的看法。

以下是一些別人的觀點,你可以參考,也可以提出自己的意見。但必須明確表示傾向。字數:250-300 個漢字。

親子關係問題主要是家長的問題,建議家長去看心理醫生。

親子關係問題主要是孩子的問題,孩子應該多反思自己。

練習二

學校將主辦一場關於親子關係的座談會,主要是跟家長分享如何處理親子關係,為家長提供幫助。你覺得這個座談會很好,想讓你的父母也參加。請給你的父母寫一封信,說明這次座談會的重要性,鼓勵他們來參加家長座談會。字數:300-480 個漢字。

Tips

如何審題？
How to analyze a writing topic?

在寫作文之前，要先讀懂題目的要求，找出關鍵詞語，了解寫作範圍，確定人稱和文體等。認真審題是為了保證後面的寫作不離題。現在試著找出兩個寫作練習的關鍵詞語、寫作範圍、人稱和語氣。

When we are drafting, it is necessary to read the requirements, find the keywords, understand the writing scope, determine the point of view and the text type,etc. Analysing a topic seriously, so that we won't digress in the writing. Now please take a look at exercise 2 and find out the keywords, scope of writing, point of view, and tone.

第一步：找關鍵詞語，即題目中的重要信息。

Step 1: Find the keyword, which is the crucial information in a topic.

第一題的關鍵詞語是：媽媽、朋友、學習壓力

The keyword in the first topic is: mother, friend, and academic pressure.

第二題的關鍵詞語是：家長、座談會、參加

The keyword in the second topic is: parents, seminar, and participation.

第二步：了解題目對寫作範圍的限制。

Step 2: Under the range and the limit of your topic.

第一題：寫信對象是朋友，不是媽媽。

Topic 1: The letter receiver is a friend, not a mother.

寫信內容：建議和看法

Text: suggestions and opinions

第二題：寫信對象是家長，不是同學。

Topic 2: The letter receivers are parents, not a classmate.

寫信內容：參加座談會的重要性

Text: The importance of participating in the seminar.

第三步：確定人稱和語氣。

Step 3: Determine the point of view and the tone.

第一題：寫給朋友，語氣非正式，人稱以第一人稱"我"來説明看法和建議。

Topic 1: On the occasion of a letter to a friend, we should adopt the colloquial language and first-person perspective in the explanations of opinions and suggestions.

第二題：寫給家長，語氣要正式，對家長應稱"您"。

Topic 2: On the occasion of a letter to parents, we should apply the formal language and respectful addresses.

Our world
我們的世界

Unit

2

The evolution of language

語 言 的 演 變

 導 入 Introduction

漢字是目前為止連續使用時間最長的文字。文字是廣大人民群眾根據實際生活的需要，經過長期的社會實踐慢慢豐富和發展起來的，是各種生活經驗影響、總結的結果。了解漢字的發展和變化有助於增強年輕人對中華文化的認同感。

The Chinese characters are the oldest continuously used language system in the world. A well-developed language is rooted in practical needs and long-term social practice. It is the collection of various life experiences. Learning the developments and changes of Chinese characters contributes to the recognition of Chinese culture for young people.

學習目標 Learning Targets

閱讀 Reading

能夠使用略讀法進行閱讀。
Read a text with the skimming method.

口語 Speaking

學會如何談感受。
Learn to express your feelings.

學會如何讓口頭表達更生動。
Understand how to make a vivid expression.

聽力 Listening

能夠抓住說明事物的特點。
Listen and catch the characteristics of an object.

寫作 Writing

掌握片段式結構的寫作方法。
Understand the segmental writing method.

fàng qì
放棄 give up

fā zhǎn
發展 develop

jì zǎi
記載 record

yōng yǒu
擁有 have

jīng lì
經歷 to experience

tǒng yī
統一 unify

qín cháo
秦朝 Qin Dynasty

chā yì
差異 difference

fù zá
複雜 complicated

liú chuán
流傳 circulate

zhōng duàn
中斷 discontinue

fán tǐ zì
繁體字 traditional Chinese characters

jiǎn tǐ zì
簡體字 simplified Chinese characters

ào mén
澳門 Macau

dōng nán yà
東南亞 Southeast Asia

xì tǒng
系統 system

zhǎng wò
掌握 learn

cháng yòng zì
常用字 common words

diào dòng
調動 maneuver

yóu cǐ kě jiàn
由此可見 this shows that...

kǎo lù
考慮 consider

葉小祥

　　很多中學生認為中文比英文難學，學中文常常學到一半就放棄。真是可惜！我覺得大家應該了解一下漢字的發展過程，再決定是否放棄學習中文。

　　首先，讓我來介紹一下漢字的歷史。

　　漢字是由中國人發明的記載工具，是世界上最古老的文字之一，擁有六千多年的歷史，經歷了不同的變化。中國統一之前，各地使用的文字各不相同，造成了交流上的困難。從秦朝開始，中國有了統一的文字。儘管漢語方言差異很大，但是書寫的統一，減少了方言差異造成的交流不便。

yǔ

甲骨文　　金文　　小篆

　　其次，幾千年來，漢字的書寫方式變化不大，使得現代人還可以閱讀古文字。但隨著全球化的發展，在越來越多的人學習西方文化的同時，國外很多華人的後代卻開始放棄學習漢字。他們覺得漢字書寫複雜，跟西方字母相比，漢字很難寫，也很難認。不過他們可能不知道，漢字是目前世界上唯一流傳到現在都沒有中斷的文字，而現代英文與幾百年前的已很不相同，更別說幾千年前的了。

再次，目前的漢字字形分為繁體字和簡體字，繁體字主要在中國台灣、香港和澳門地區使用，簡體字主要在中國大陸和東南亞等華人社區使用。雖然兩種漢字書寫系統不同，但差別不大，所以不存在交流問題。

最後，學過漢語的外國人都認為學漢字有一個優點，那就是一開始學習難度雖然很大，但掌握了常用字後，就不用像學習英文那樣，需要記大量的單詞。此外，學習漢字還能充分地調動大腦的學習能力。

由此可見，漢語是開始學習的時候難度大，但後面學習起來會比較容易。而英文是開始學習的時候很簡單，可是越往後學越難。因此，中學生要好好考慮一下，學中文不要學到一半就放棄。

🏷 **Culture Point**

文字的由來和演變 The origin and evolution of Chinese characters

漢字是世界上使用時間最久、空間最廣、人數最多的文字之一，漢字的創制和應用不僅推進了中華文化的發展，還對世界文化的發展產生了深遠的影響。

The Chinese characters system is one of the character systems with the longest history, the widest range, and the largest number of users in the world. The creation and applying of Chinese characters not only promote the development of Chinese culture, but also exert long-term influence for culture around the world.

漢字的發明經歷了漫長的過程。在文字還沒被創造出來的時候，人們在繩子上打結記事。

The prototype of Chinese characters has experienced for years. Before the creation of characters, people used knots to record their lives.

在與大自然鬥爭的過程中，有時需要用圖形或圖畫來表示事物。比如說遠出狩獵，為了防止迷路，人們會在岩石上或樹幹上做一些標記或符號。慢慢地，這些符號逐漸推廣開來，就形成了文字。漢字經過了六千多年的變化，其演變過程是：甲骨文、金文、大篆、小篆、隸書、楷書。

During the course of confronting nature, there were needs to signify objects with pictures. For instance, people made signs on the rocks or tree trunks in case of losing their way during huntings. Gradually, these signs spread to the crowd and became characters. The order of 6000 years' evolution of Chinese characters is: oracle-bone inscriptions, bronze inscriptions, large seal script, small seal script, clerical script, and regular script.

🔍 語法重點 Key Points of Grammar

動詞 + 一下　Verb + "一下"

① 表示動作的時間短。Indicate the time of an action is short.

> **E.g.** ● 下課了，我們休息一下吧。It's after class, let's take a break.

② 表示緩和的語氣。Indicate a moderate tone.

> **E.g.** ● 老師，這是我的作業，您檢查一下吧。Teacher, this is my homework, please take a look.
> 比較：老師，這是我的作業，您檢查吧。（語氣比較直接，不客氣）
> Comparison: Teacher, this is my homework, please check it. (The tone is more direct and less modest.)

③ 表示一種嘗試。Indicate attempts.

> **E.g.** ● 這條裙子真可愛，讓我試一下。What a lovely dress, please let me try it.

🔍 課文理解 Reading Comprehensions

① 世界上最古老的文字只有中文，對嗎？

② 中國統一之前，為什麼交流上有困難？

③ 為什麼現代人可以閱讀古文字？

④ 為什麼華人的後代放棄學習和使用漢字？

⑤ 外國人認為漢字學習起來有什麼優點？

概念與拓展理解 Concepts and Further Understanding

① 課文一的寫作目的是什麼？What is the writing purpose of text 1?

② 作者是如何達到他的寫作目的的？How does the author accomplish his writing purpose?

③ 課文一是什麼文體？What is the text type of text 1?

④ 所有的知識都能用文字或符號記錄嗎？
Can all the knowledge be recorded by characters or signs?

⑤ 如果全世界只用一種語言，我們將失去什麼？
What will we lost if we only use one common language?

 語言練習 Language Exercises

在方塊裏填字，使內框與外框的字組成詞語。

Fill in the outer boxes to make compound words with the inner box.

①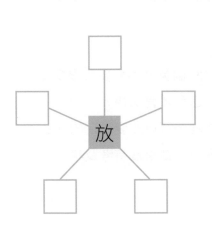

②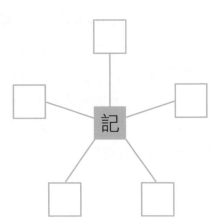

從所提供的選項中選出正確的答案。 Choose the correct answer from the following choices.

③ 隨著中國經濟的發_____，學習漢語的人越來越多。

　　A. 盞　　　B. 展　　　C. 振　　　D. 斬

④ 我的日記記_____著生活中每一個幸福的片段。

　　A. 仔　　　B. 哉　　　C. 栽　　　D. 載

⑤ 每個兒童都_____有受教育的權利。

　　A. 擁　　　B. 用　　　C. 傭　　　D. 湧

⑥ 只有_____歷過苦難的人才更懂得珍惜幸福。

　　A. 勁　　　B. 涇　　　C. 經　　　D. 徑

⑦ 對這件事，大家已經達成了_____一的意見。

　　A. 充　　　B. 通　　　C. 芄　　　D. 統

選出與下列劃線詞語意思相同的選項。 Choose the synonyms of the underlined words below.

⑧ 這件事太<u>複雜</u>，不是一兩句話就能説清楚的。　　　□

　　A. 紛亂　　　B. 順利　　　C. 複習　　　D. 簡單

⑨ 我國古代<u>流傳</u>下來許多著名的故事。　　　□

　　A. 流動　　　B. 傳播　　　C. 傳統　　　D. 流言

選擇正確的詞語填空。 Fill in the blanks with the right words.

> 中斷　系統　掌握　常用字　調動　由此可見　考慮　差異

⑩ 中國南北方的氣候 _____ 很大。

⑪ 在中文課堂上，老師總是想辦法 _____ 我們學習中文的積極性。

⑫ _____，這次的病毒傳播有多嚴重。

⑬ 請你再 _____ 一下我的意見。

⑭ 學會 3000 個漢語 _____，肯定比掌握 26 個英文字母要難很多。

⑮ 要多 _____ 一些閱讀方法，這樣閱讀的速度才會加快。

⑯ 媽媽勸他不要 _____ 學業，因為讀書是唯一可以改變生活的方法。

⑰ 這次考試，我因為沒有時間 _____ 地複習，結果沒有考及格。

用"動詞 + 一下"完成下面的句子。 Complete the sentences with "verb + 一下".

⑱ 每天早上，我都會到操場＿＿＿＿＿＿＿＿。

⑲ 媽媽，你能幫我＿＿＿＿＿＿＿＿房間嗎？

⑳ 我們去超市＿＿＿＿＿＿＿＿吧。

㉑ 我下載了新的遊戲，你想不想＿＿＿＿＿＿＿＿？

㉒ 爸爸：快點，我要把車開走了。

　　孩子：＿＿＿＿＿＿＿＿，馬上就來。

🕐 課堂活動 Class Activities

識字 Literacy

你能看出下面的圖案裏有幾個漢字嗎？寫在方框裏。

Challenge yourself with the picture below, and see how many Chinese characters you can recognize and write down in the box.

💬 口語訓練 Speaking Tasks

第一部分　根據主題 **"漢字的發展"**，做 **2–3 分鐘**的口頭表達。做口頭表達之前，先根據提示寫大綱。

Make a 2-3 minutes oral presentation on the theme "the development of Chinese characters". Before you start, use the form below to make an outline.

大綱 Outline	內容 Content
觀點 Perspectives	
事例 Examples	
名人名言 Famous quotes / 熟語 Idioms	
經歷 Experiences	
總結 Summary	

 第二部分　　**回答下面的問題。Answer the following questions.**

① 談談你學習中文的感受。

② 漢字有什麼特點？

③ 有人認為中文是世界上最難學的語言，你同意嗎？

④ 漢字分為哪兩種字形？分別在哪些地方使用？

⑤ 漢字有哪些優點？哪些缺點？

🏷 **Tips**

如何談感受？ How to express feelings?

在針對某件事談個人感受的時候，可以採用"說出感受—解釋原因—總結"的步驟。

When you express personal feelings on something, try out the steps "speak it out, explain it clearly, and sum it up".

例如：談談你學習中文的感受。

步驟 Step	要點 Point	提示 Example
第一步 Step 1	說出感受 Speak it out	有喜也有悲 The mixture of joys and sorrows
第二步 Step 2	解釋原因 Explain it clearly	1. 高興的是，可以用中文和中國人交談，到中國可以自由旅行，可以看中文電影、聽中文歌曲。 The joys are that I can talk to Chinese with their language, roaming around in China, watch Chinese movies, and listen to Chinese music. 2. 難過的是，每次考中文都考不及格，因為漢字太難寫了，記不住。 The sorrows are that I fail in every Chinese test because the Chinese characters are too difficult to write and memorize.
第三步 Step 3	總結 Sum it up	儘管學中文有喜也有悲，但我覺得學中文很重要，要不怕失敗，堅持學下去。 Even though there are joys and sorrows in the course, learning Chinese is still essential for me, and I shall go on regardless of failure.

尊敬的校長：

您好！我是學生會會長顏小申。此次寫信是向您反映網絡用語對我校學生學習語言所造成的影響，請求校長多關注我們校園的網絡用語問題，希望我的建議能引起您的重視。

網絡語言具有簡單、方便和形象的特點，深受青少年喜愛。他們不僅在網上創造、傳播網絡語言，而且還將它們用到自己的作文、日記，以及學校的報紙中。網絡語言對中小學生的語言文字學習已經產生了嚴重的負面影響。雖然說年輕人在網上使用網絡語言可以釋放學習壓力，但中小學生正處在語言能力的提高階段。經常與網絡打交道，使用不規範的網絡語言，不僅給他們造成一定的認讀困難，而且還讓學生養成不規範運用語言文字的壞習慣，從而影響正常的語言學習，應該引起學校的重視。

網絡上的文章大多是網民"貼"上去的，這些文章沒有經過檢查，錯別字一大堆。如果學生經常接觸網絡，花過多的時間在網上學習這些不規範的語言材料，他們的語言運用能力不但不能提高，反而會下降。這個問題值得我們關注。中小學生應該通過學習規範的語言文字和優美的文章來提高中文水平。

我認為網絡語言已經對中國語言文字產生了負面影響。任何事都有兩面性，我們不可能一味地去禁止網絡語言，重要的是我們如何去正確引導學生，使他們能更好地利用網絡進行規範的學習。

生詞短語

fǎn yìng
反映 reflect

wǎng luò yòng yǔ
網絡用語 Internet slang

guān zhù
關注 pay attention to

jiàn yì
建議 suggest

zhòng shì
重視 focus on

xíng xiàng
形象 vivid

chuán bō
傳播 spread

fù miàn yǐng xiǎng
負面影響
negative effect

shì fàng
釋放 release

guī fàn
規範 specification

rèn dú
認讀 recognition

jiē duàn
階段 stage

dǎ jiāo dào
打交道 deal with

jiǎn chá
檢查 checking

cuò bié zì
錯別字 typo

jiē chù
接觸 contact

liǎng miàn xìng
兩面性 two sides

jìn zhǐ
禁止 prohibit

jiàn lì
建立 build up

我請求學校建立與網絡語言發展相適應的校規，引導和規範學生正確使用網絡語言。聽說您一向關心學生的健康成長，希望能儘快收到您的回覆。

　　此致

敬禮！

學生會會長

顏小申

2021 年 3 月 3 日

🔍 語法重點 Key Points of Grammar

人稱代詞　Personal Pronouns

第一人稱：我、我們。
First person: 我 (I), 我們 (we).

第二人稱：你、你們；表示對對方的尊敬時用 "您"。
Second person: 你 (you), 你們 (you), and the formal form used express respect to " 您 "(you).

第三人稱：他 / 她、他們 / 她們、它 / 它們。
Third person: 他 / 她 (he / she)、他們 / 她們 (they)、它 / 它們 (it / they).

> **E.g.**
> - 我是學生會會長顏小申。
>   I am the student president Yan Xiaoshen.
> - 請求校長多關注我們校園的網絡用語問題。
>   Mr.Principal, please pay more attention to the Internet slang issue in our school.
> - 希望我的建議能引起您的重視。
>   I hope my suggestions will attract your attention.
> - 他們不僅在網上創造、傳播網絡語言，而且還將它們用到自己的作文、日記，以及學校的報紙中。
>   They not only creat and spread slang online, but also use them in their compositions, diaries, and school newspapers.

① 網絡語言有哪些特點？

② 青少年在哪些地方使用網絡語言？

③ 網絡語言對中小學生的語言文字學習產生了哪些負面影響？

④ 為什麼說網絡上的文章不規範？

⑤ 如何才能提高中文水平？

概念與拓展理解 Concepts and Further Understanding

① 課文二的文體是什麼？ What is the text type of text 2?

② 課文二的寫作目的是什麼？ What is the writing purpose of text 2?

③ 課文二的寫作對象是誰？寫作對象不同，文章的語氣會改變嗎？
Who is the target audience in text 2? Will the tone change along with the target audience?

④ 如果語言是有規範的，那麼在多大程度上，我們可以挑戰和打破這些規範？
If languages have specifications, to what extent can we challenge and break these rules?

⑤ 網絡語言是否會妨礙我們獲得知識？ Will the Internet slang become the obstacle of acquiring knowledge?

把下面的詞語組成正確的詞組。 Connect the corresponding words below to form a correct phrase.

① 反映　　　傳播　　　② 保持　　　重視

　　提出　　　情況　　　　　引起　　　作業

　　禁止　　　建議　　　　　檢查　　　形象

從生詞表裏找出下列詞語的同義詞。

Find the synonyms of the following words in the vocabulary list.

③ 注重＿＿＿＿＿＿　　④ 樣板＿＿＿＿＿＿　　⑤ 聯繫＿＿＿＿＿＿

從生詞表裏找出下列詞語的反義詞。

Find the antonyms of the following words in the vocabulary list.

⑥ 不屑＿＿＿＿＿＿　　⑦ 允許＿＿＿＿＿＿　　⑧ 取消＿＿＿＿＿＿

選擇正確的詞語填空。 Fill in the blanks with the right words.

> 認讀　階段　打交道　規範　錯別字　負面影響　兩面性　禁止

⑨ 他的作文寫得很＿＿＿＿＿＿。

⑩ 閱讀理解考得不好，主要是因為許多學生不能正確＿＿＿＿＿＿生詞。

⑪ 期中考試快到了，我們進入了緊張的複習＿＿＿＿＿＿。

⑫ 澳洲森林的大火對世界環境產生了＿＿＿＿＿＿。

⑬ 老師説我的作文裏＿＿＿＿＿＿太多，所以作文得分很低。

⑭ 我因為不喜歡和人＿＿＿＿＿＿，所以每次聚會都不知道要説什麼。

⑮ 凡事都有＿＿＿＿＿＿，不存在誰對誰錯。

⑯ 圖書館＿＿＿＿＿＿學生大聲説話、吃東西。

判斷下面人稱代詞的使用是否正確，如果錯誤請改正。

Determine whether the personal pronouns in the following sentences are used appropriately or not, and correct them if there is any mistake.

⑰ 小童説它一定要堅持長跑鍛煉，這樣身體才能保持健康。

⑱ 爸爸對我說："他今天加班，很晚才會回來。"

⑲ 小紅給老師打電話説："她今天可以晚點來學校嗎？"

⑳ 媽媽傷心地告訴我，他們的鄰居昨天走了。

㉑ 老師認為我們都是我最好的學生。

㉒ 老師對我說："你回去吧，她還要批改作業。"

🕐 課堂活動 Class Activities

寫一寫，說一說 Write and share

你知道的網絡用語都有哪些？請寫下來和大家分享。

What Internet slang do you know? Write them down and share with us.

💬 口語訓練 Speaking Tasks

第一部分 根據圖片，做 3–4 分鐘的口頭表達。做口頭表達之前，先根據提示寫大綱。

Make a 3-4 minutes oral presentation based on the picture. Before you start, use the form below to make an outline.

大綱 Outline	內容 Content
圖片內容 Information of the picture	
圖片主題 Theme of the picture	
提出觀點 Make your points	
延伸個人經歷 Relate to personal experiences	
名人名言 Famous quotes / 熟語 Idioms	
總結 Summary	

第二部分　　**回答下面的問題。Answer the following questions.**

① 你平時會使用網絡語言和同學、朋友聊天兒嗎？

② 有人認為用網絡語言和長輩發短信是不尊重的表現，你怎麼看？

③ 很多人認為不使用網絡語言就會被朋友瞧不起，你同意嗎？

④ 寫作文的時候可以用網絡語言嗎？為什麼？

⑤ 有些學校禁止學生在校園裏使用網絡語言，你怎麼看待這樣的規定？

🏷 **Tips**

如何讓口頭表達更生動？
How to make lively expressions?

考生在口頭表達時，注意調整語調，讓説話的聲音有升降輕重的變化，或者在説話的速度上有快慢的變化，不但能根據圖片的情景表達出不同的情感，還能給考官帶來驚喜。

When it comes to oral expressions, let your speech have changes in tone or speed. By doing that, you can give surprises to the examiner with the adaptability of emotions that are based on different scenarios.

例如，在表達第一次使用網絡語言和朋友聊天兒很興奮時，語調可以用升調，語速加快。在鼓勵朋友應該好好使用正規的語言文字時，語調可以用降調，語速中等。在對校園禁止使用網絡語言的規定表示同意時，表達肯定的情感應該用較重的語調，語速可以稍微快一些。

For example, when assuming that you are excited to use Internet slangs to communicate with your friends for the first time, you can speak in a speeded rising intonation. When it comes to encouraging someone, you should use formal words with a moderate falling tone. On the occasions of approving the regulations of prohibiting the Internet slang, you should speak with a slightly fast stressed tone.

閱讀訓練 Reading Tasks

| 文章 1 | 為什麼要簡化漢字 |

仔細閱讀下面的短文，然後回答問題。
Read the passage carefully and answer the following questions.

很長一段時間，網絡上有些人認為應該堅持使用繁體字，不應該簡化漢字。他們認為簡化後的漢字沒有了漢字基本的象形含義，缺乏美感。我認為人們之所以有這種想法是因為對漢字的發展缺乏了解，很容易"跟風跑"，從而贊同使用繁體字。

首先，大家應該明白文字最初的用途是記錄。對於記錄來說，最關鍵的是高效。古代剛出現文字時，是用刻字的方式來記錄的，如果筆畫太複雜，不但佔的面積大，速度也慢。後來，中國人發明了印刷術，對部分漢字的筆畫進行簡化。筆畫太多，印出來的字可能會看不清楚。從那時起，人們對文字進行了嚴格的規範，要求字形保持一致。於是文字就得到了統一，書寫效率就更高了。

其次，文字要具備可識別性和易書寫性，這樣才能很好地傳承下去。從漢字的發展過程來看，古代的漢字只有社會上層人士才會書寫和識別。但隨著不同朝代對文字的簡化，不僅社會上層人士能寫能認，很多平民也會寫會認，這樣的簡化是為了提高漢字的易書寫性和易讀性。

最後，因為新中國成立後，不識字的人有四億之多，教這些人認字、寫字是個大問題。因此，我們需要簡化漢字來提高書寫效率和易識別性。於是，漢字又開始了新一輪的簡化。

綜上所述，不論是從漢字的歷史發展來看，還是從漢字的書寫和交流需要來看，漢字確實需要簡化。

根據以上短文，回答下面的問題。

Based on the passage above, answer the following questions.

① 為什麼有些人不同意簡化漢字？

② 為什麼有些人會“跟風跑”？

③ “跟風跑”是什麼意思？

④ 文字最初的用途是什麼？

⑤ 古代人是如何記錄文字的？

⑥ 為什麼中國人發明了印刷術就要對漢字進行簡化？

⑦ 文字要傳承下去需要具備什麼特點？

⑧ 古代的漢字發展存在什麼問題？

⑨ 為什麼中國不同的朝代都要對漢字進行簡化？

⑩ 新中國成立後，有多少人不識字？

❶ 　為了提高網上聊天的速度，網民採取簡單的打字方式進行溝通，於是就有了網絡語言。網絡語言作為一種次文化，越來越成為人們網絡生活中必不可少的一部分。它是網絡交流的一種語言，包括字母、符號、圖片和漢字等多種組合。

❷ 　【–1–】

　由於打字速度慢，大家就用字母替代漢字進行聊天，如：GG（哥哥）、PFPF（佩服佩服）、MM（美眉）等，這些字母通常是使用中文拼音的第一個字母，因其形式簡單、打字快、容易理解，所以深受廣大網民喜愛。

❸ 　【–2–】

　有些網民藉助數字的諧音來表達生活中常用的詞語，如：886（拜拜啦）、9494（就是就是）等，他們覺得這樣寫起來簡單，看起來也很清楚。

❹ 　【–3–】

　當簡單的字母和數字無法表達情感時，網民就將它們與漢字混在一起，產生了網絡上新的表達方式，如：幸福 ing（表示正在享受幸福的過程）、3q（謝謝你）。這樣的表達不但看得懂，也說得清，同樣深受網民的喜愛。

❺ 　【–4–】

　藉助漢字或英語單詞的諧音而產生新的網絡詞語也被普遍使用。如：粉絲──英文 fans；果醬──過獎；稀飯──喜歡。諧音詞的大量運用，增加了文字的靈性，讓網絡聊天變得更有趣了。

❻ 　總之，網絡用語有它自身的意義，使用起來也更容易讓人接受，比如

用 "菜鳥" 比說別人 "差勁" 好聽，用 "灌水" 來形容在論壇上濫發帖子就很形象，換了其他詞可能表達不出這種感覺。所以說，網絡語言也是一種文化。

根據文章 2，選出相應的選項，把答案寫在橫線上。
According to passage 2, choose the corresponding options and write them down on the lines.

① [–1–] _____   A. 數字型

② [–2–] _____   B. 中文型

③ [–3–] _____   C. 諧音型

④ [–4–] _____   D. 混合型

                         E. 英文型

                         F. 字母型

根據 ①–④，填寫下面的表格。 Fill in the form according to ①-④.

在句子裏	這個字 / 詞	指的是
⑤ 它是網絡交流的一種語言……	"它"	
⑥ 這些字母通常是使用中文拼音的第一個字母……	"這些"	
⑦ 因其形式簡單……	"其"	
⑧ 他們覺得這樣寫起來簡單……	"他們"	
⑨ 網民就將它們與漢字混在一起……	"它們"	

根據 ⑤–⑥，從文章中找出最合適的詞語完成下面的句子。
According to ⑤-⑥, complete the sentences with the most suitable words.

⑩ 因為諧音詞的運用，文字就變得更加有_____。

⑪ 網絡語言的使用，讓網民聊天更_____了。

⑫ 網絡上形容一個人事情做得不好，會說他 / 她是_____。

⑬ 網絡語言因為被廣大網民普遍使用，形成了一種_____。

一、《學中文》

你將聽到六段錄音，每段錄音兩遍。請在相應的橫線上回答問題 ①–⑥。回答應簡短扼要。每段錄音後會有停頓，請在停頓期間閱讀問題。

You will hear 6 recordings, and each audio will be played twice. Answer the question ①-⑥ with short answers. There will be a pause after each recording is played. Please read the questions during the pause.

① 中文教室在幾樓？

② 老師什麼時候開始檢查作業？

③ 中文老師週末有什麼安排？

④ 老師讓學生回家朗讀句子給父母聽的目的是什麼？

⑤《與聲劇來》廣播劇創作比賽的主題是什麼？請舉出一個。

⑥ 小丁認為如果能花一點兒時間練習寫字，有什麼好處？請舉出一個。

二、《中國人為什麼使用漢字》

你即將聽到第二個聽力片段，在聽力片段二播放之前，你將有四分鐘的時間先閱讀題目。聽力片段將播放兩次，聽力片段結束後，你將有兩分鐘的時間來檢查你的答案。請用中文回答問題。

You will hear second audio clip. You have 4 minutes to read the questions before it starts. The clip will be played twice, after it ends, 2 minutes will be given to check the answers. Please answer the questions in Chinese.

填空，每個空格最多填三個詞語。

Fill in the blanks, three words for each blank at maximum.

學習中文的外國人一定想知道，為什麼中國人使用漢字而不用【–1–】呢？這要說到中國漢字的發展史，不管哪一種文字，最早都是從圖畫開始的。由於口頭語言受【–2–】的限制，人們就產生了把自己的話記錄下來的想法。比較容易的辦法就是【–3–】。可是，並不是每個人都會畫畫，那怎麼辦呢？人們就把圖畫簡化，【–4–】。這樣，畫出來的圖就越來越不像畫了，反而變成了一種符號，這就是象形字。

① [–1–]＿＿＿＿＿＿＿＿＿＿＿＿＿＿＿＿＿＿＿＿＿＿＿＿

② [–2–]＿＿＿＿＿＿＿＿＿＿＿＿＿＿＿＿＿＿＿＿＿＿＿＿

③ [–3–]＿＿＿＿＿＿＿＿＿＿＿＿＿＿＿＿＿＿＿＿＿＿＿＿

④ [–4–]＿＿＿＿＿＿＿＿＿＿＿＿＿＿＿＿＿＿＿＿＿＿＿＿

在正確的選項裏打勾（✓）。 Tick (✓) the correct options.

	象形	指事	會意	形聲
⑤ 把表示意思的形旁和代表發音的聲旁合在一起。	＿＿	＿＿	＿＿	＿＿
⑥ 把幾個字合起來，形成新的意思。	＿＿	＿＿	＿＿	＿＿
⑦ 從圖畫發展來的。	＿＿	＿＿	＿＿	＿＿
⑧ 用象徵的辦法來表示意思。	＿＿	＿＿	＿＿	＿＿

選出五個正確的敘述。 Choose five correct descriptions.

⑨ ＿＿＿＿＿　　A. 簡體字有利於初學者學習漢字。

＿＿＿＿＿　　B. "休息" 的 "休" 是象形字。

＿＿＿＿＿　　C. "天空" 的 "天" 是指事字。

＿＿＿＿＿　　D. 漢字在古代是詞，英文字母不是詞。

＿＿＿＿＿　　E. 簡體字深受大家歡迎。

　　　　　　　F. 英文字母跟筆畫差別很大。

　　　　　　　G. 簡體字不利於提高人民的文化水平。

　　　　　　　H. 漢字筆畫的數量跟英文字母相近。

如何抓住事物的特點？ How to catch the characteristics of an object?

在聽聽力的時候，通常會對某一事物進行介紹或說明。有時候介紹的事物很複雜，如果沒有掌握一些方法，很難聽清楚到底在講什麼，從而錯過答題時間，也影響心理情緒，最後導致後面的題目無法作答。

When it comes to listening, usually the recording will explain or introduce an object. Sometimes the object is complicated, and it is difficult to hear it clearly without specific methods. On top of that, you may miss the time, and it will affect you mentally, at last, you are unable to answer the following questions.

所以在聽具體說明某個事物的片段時，要注意：聽力中提到事物的哪些特點，用什麼例子或者數據來說明。例如：在介紹漢字的造字方法時，聽力段中提到了四種：象形、指事、會意、形聲，並使用舉例子的方式分別說明了這四種特點。一旦抓住這些特點後，5-8 題就顯得容易多了。

Therefore, whenever you listen to a specific description of an object, you should pay extra attention to the characteristics, and how the speaker explains them with examples or data. For instance, when the speaker is introducing manners of forming Chinese characters, there are four of them: pictograph (象形), ideogram (指事), compound ideograph (會意) and phono-semantic compound (形聲), then the speaker might use examples to demonstrate the features of these four manners. Once you catch those, question 5-8 will be much easier to answer.

寫作訓練：文章 Writing Tasks: Article

熱身

● **根據課文一，討論介紹性文章的格式是什麼。**

According to text 1, discuss the format of an introductory article.

文體：文章
（報紙、雜誌）

Text type: Article
(newspaper, magazine)

以書面的形式介紹某個
事物、事件或現象。內
容要簡明扼要地概括主
要信息。

Introduce an object,
event or phenomenon in
writing. The article needs
to generalize the primary
information as clearly as
possible.

● **討論一下作者是如何陳述自己的觀點的，文章的結構是如何構成的。**

Discuss how the author states his points of view, and how he constitutes the article.

格式 **參考課文一**

標題

作者姓名

□□開頭：引入話題，介紹事件或看法

□□正文：有條理地介紹要點或表達觀點

　　首先……

　　其次……

　　再次……

　　最後……

□□結尾：總結要點或觀點

　　由此可見 / 綜上所述……

很多學生認為中文很難學，也覺得學中文沒有用。請寫一篇文章說說你對這個現象的看法。以下是一些別人的觀點，你可以參考，也可以提出自己的意見。但必須明確表示傾向。字數：250-300 個漢字。

> 中文比英文難學，英文看字母就可以拼讀出來，中文不但字難寫，讀音還不一樣，沒必要浪費時間學習這麼難的語言。

> 通過學習中文，我們可以學到中國文化和中國人怎樣待人處事。中文也是一種藝術，應該學。

練習二

漢字，從點到線、從線到面，體現了線條的美感，書寫筆畫的力度則體現了漢字的精髓。漢字是中國文化的代表，表現出中國文化極高的美感。請寫一篇介紹性文章，介紹中國的漢字之美。字數：300-480 個漢字。

Tips

片段式結構
Segmental Structure

片段式結構就是文章由看似獨立的幾個片段組成，但這幾個片段都圍繞同一個主題展開。這個主題是文章的中心，也是各個片段的共同點，在文章的最後，必須要有一個總結性的段落，把前面幾個片段中的共同點直接用文字點明，只有這樣，文章的結構才是完整的。

例如，課文一文章主要寫"漢字的歷史""漢字的書寫方式""漢字分為繁體字和簡體字""學中文的優點"四個片段，四個片段之間沒有什麼關聯，但是它們都是在說明中國漢字的發展，然後在結尾集中表達不能放棄學中文的理由。

An article that is composed of several seemingly individual segments is called segmental structure. But these segments are actually all related to the same theme. The theme is the core of the article, as well as the common ground of each segment. At the end of the article, there must be a conclusion paragraph, which points out the common ground of the previous segments with words. Only in this way, the structure of the article is completed.

For example, in text 1, the segments are "the history of Chinese characters", "writing methods of Chinese characters", "there are two categories in Chinese characters: traditional and simplified", and "the merits of learning Chinese". There is no specific connection among these four segments, in fact, they all explain the developments of Chinese characters, then they are centralized to explain "the reasons why we can't give up on learning Chinese".

Language and identity
語 言 與 身 份 認 同

 導 入 Introduction

語言是人類身份認同的一個重要方式。在多民族的國家，方言成為了一種身份的標籤。隨著經濟的不斷發展和文化的不斷交流，一些方言正在逐漸消失。與此同時，得益於全球化的發展，說不同語言的人們聚集在一起，呈現出不同的母語文化。世界各國逐漸認識中國文化或到中國大陸開展貿易，使得學習中文成為一種熱潮。母語除了幫助人們交流思想感情、掌握科學文化知識外，對學習中文也起到了很大的幫助作用。

Language is an essential foundation of human identity. In the multinational states, dialects are symbols of identity. However, some of them are endangered as a result of economic growth and cultural interaction. Meanwhile, people who speak different languages get together because of globalization, and the cultural variety of fist langueges has been introduced to the world. Then foreign countries gradually acknowledge Chinese culture or trade with China, which makes learning Chinese become a tendency. First languages not only are helpful to share thoughts and emotions, as well as learning knowledge of science and culture, they can also make great contributions to Chinese learning.

學習目標 Learning Targets

閱讀 Reading

了解段落之間的並列結構。
Learn parallel structure between paragraphs.

口語 Speaking

聽懂考官通過設問和反問提出的問題。
Understand the reflexive questions and rhetorical questions raised by the examiner.

聽力 Listening

能根據熟語，聽出作者的觀點。
Recognize the perspective of the author through idioms.

寫作 Writing

學習寫好文章的開頭。
Learn to start an article with a decent opening.

生詞短語

shēng diào 聲調 tone	
cí yǔ 詞語 word	
shùn xù 順序 order	
zēng jiā 增加 increase	
nán dù 難度 difficulty	
mì fēng 蜜蜂 bee	
fēng mì 蜂蜜 honey	
zhuó xiǎng 著想 for the sake of	
bǐ huà 筆畫 strokes	
xiàng xíng wén zì 象形文字 hieroglyph	
zhǎng xiàng 長相 countenance	
rè qíng 熱情 enthusiastic	
róng rù 融入 integrate into	

寄件人：keren@gmail.com

收件人：xiaohong@gmail.com

日期：2021 年 3 月 18 日

主題：中文真難學

親愛的小紅：

你好！最近好嗎？我到北京大學學習中文已經三年了，馬上就要考 HSK 五級，我的壓力很大，很擔心考不過，我只想說中文絕對是世界上最難學的語言。

首先，中文的聲調很難辨別。中國人講話就像在唱歌。我學了三年，還是經常聽不懂。而且，為什麼同樣是講中文，我說的大家聽不懂呢？原來，我用英文字母來注明聲調，這是錯誤的方法。可見英文對我學習中文發音沒有什麼幫助。

其次，要學的詞語實在太多，隨便兩個字放在一起，順序不同，意思就不一樣了，這增加了學習的難度。比如蜜蜂和蜂蜜。我用英文一個字一個字翻譯，還是搞不懂這兩個詞有什麼區別。

最氣的是，中國大陸使用簡體字，而香港和台灣仍保留著繁體字，我好不容易在中國大陸學了中文，到了台灣還是看不懂。為什麼不統一使用簡體字呢？不知道我們外國人學漢字多難嗎？大陸學生說就是為了外國人著想，才減少筆畫，降低難度。香港、台灣的學生說繁體字是傳統文化，不可以簡化，而且中文很多字是象形文字，只有繁體字才能根據字的

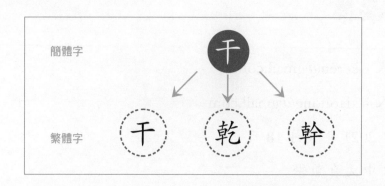

簡體字 干

繁體字 干 乾 幹

長相猜出它的意思。我只想說，不管長什麼樣，我還是什麼也看不懂，要是能像我的母語英文一樣簡單就好了。你知道嗎？一個小小的英文字母"I"，在中文裏有很多種說法，什麼"在下""不才""本人"……你說難不難？

最可恨的是學完漢字，還是聽不懂中國人在講什麼。除了學習漢字，還要了解中國文化。剛到中國的時候，我的中國同學都很熱情，每次下課都跟我說"有空來我家玩兒"。可是我等了三年，也沒有一個人請我去他家。唉，我只能說中華文化上下五千年，這水不是一般的深呢！

好了，就跟你說到這裏。雖然中文很難學，可是我還是得繼續學習。學好中文可以幫助我融入中國人的生活。請代我向你的家人問好。

祝

學業進步！

可仁

Culture Point

1. 漢語水平考試（簡稱 HSK）是為測試母語非漢語者的漢語水平而設立的一項國際漢語能力標準化考試。
   Hanyu Shuiping Kaoshi (HSK), known as the Chinese Proficiency Test, is a standardized test to measure the Chinese abilities of non-native speakers.

2. 中國人打招呼，有以下幾種方式：
   There are several ways to greet in Chinese culture:

   ① 根據碰面的時間問候，比如：
   The greetings based on the meeting time:

   早餐時間看到別人可以問：吃早餐了嗎？
   The greeting when you meet someone at breakfast time: Have you had breakfast yet?

   午餐時間問：吃午飯了嗎？
   At lunch time: Have you had lunch yet?

   晚餐時間問：吃晚餐了嗎？
   At dinner time: Have you had dinner yet?

   ② 看到別人在做什麼就問什麼。比如：
   When you see someone is doing something:

   看到老人拿著籃子就説：去買菜啊？
   When you see an old man with a basket, you can say: Go buy vegetables?

   看到老師 / 同學去上課就説：去上課啊？
   When you see a teacher / classmate go to a classroom, you can say: Go attend class?

   看到別人去上班就説：去上班呀？上班去嗎？
   When you see someone go to work, you can ask: Go to work? Are you going to work?

   ③ 送客人或説再見的時候可以説：
   When you see a visitor out or farewell, you can say:

   再玩兒一會兒吧，著什麼急？
   There is no rush, can you stay longer?

   吃了飯再走吧，飯都煮好了。
   Have something to eat before you leave, the meal is ready.

   有空來家裏玩兒。
   Visit our home when you have time.

   注意，這些都只是客套話，是中國人好客文化的表現，並不是真的要邀請你到家裏玩兒，或者真的讓你留下來吃飯。了解中國的文化，有利於更好的交流。
   But be cautious, these sentences are for the needs to be hospitable, which are the expression of the Chinese tradition of hospitality. They aren't the real invitations to let you visit them or have dinner at their home. Recognizing these hidden Chinese cultures will benefit your communication skills.

🔍 語法重點 Key Points of Grammar

結構助詞 "的、地、得"　Structural Particle "的、地、得"

助詞	結構	例子
的	adj. / pron. / n. + 的 + n.	漂亮的書包、我的書包、商店裏的書包
地	adj. + 地 + v.	慢慢地走
得	v. + 得 + adj.	聽得清楚

口訣："的"後面的是名詞，"地"後面的是動詞，"得"前面的是動詞。

Formula: Use nouns behind" 的 ", Use verbs behind " 地 ", Use verbs before " 得 ".

📑 課文理解 Reading Comprehensions

① 可仁到北京大學學習中文多久了？

② 中國人為什麼聽不懂可仁説的中文？

③ "蜜蜂"和"蜂蜜"分別是什麼意思？你能再列舉一些類似的詞語嗎？

④ 香港和台灣的學生如何看待繁體字？

⑤ 為什麼可仁認為英文比中文簡單？請舉出課文中的例子。

☁ 概念與拓展理解 Concepts and Further Understanding

① 課文一的語氣是嚴肅、認真的嗎？ Is the tone of text 1 serious?

② 課文一是什麼文體？ What is the text type of text 1?

③ "中華文化上下五千年，這水不是一般的深呢！" 這句話是什麼意思？
What does the sentence " 中華文化上下五千年，這水不是一般的深呢 !" mean?

④ 知識是靠語言從一個人傳給另一個人，代代相傳下來的嗎？
Is it true that knowledge is handed down by generations via languages?

⑤ 如果人們不再使用自己的母語，由它而來的知識會消失嗎？
If people don't use their first languages any longer, will the knowledge which comes from them disappear?

語言練習 Language Exercises

在方塊裏填字，使內框與外框的字組成詞語。

Fill in the outer boxes to make compound words with the inner box.

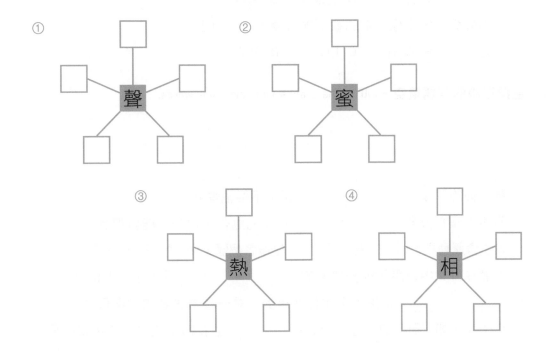

從所提供的選項中選出正確的答案。

Choose the correct answer from the following choices.

⑤ 普通話只有四個聲_____，很容易掌握。

　　A. 周　　　B. 碉　　　C. 凋　　　D. 調

⑥ 老師說我作文裏有些_____語使用得不恰當。

　　A. 詞　　　B. 司　　　C. 祠　　　D. 伺

⑦ 描述一件事情，可以按時間順_____進行。

　　A. 予　　　B. 序　　　C. 舒　　　D. 抒

⑧ 為了減輕學生的負擔，學校減少了課程，_____加了課外活動。

　　A. 曾　　B. 增　　C. 憎　　D. 贈

⑨ 這次中文考試的難_____實在太大，很多人都不及格。

　　A. 肚　　　B. 鍍　　　C. 渡　　　D. 度

⑩ _____蜂在花叢裏飛來飛去。

　　A. 密　　　B. 秘　　　C. 蜜　　　D. 宓

選出與下列劃線詞語意思相同的選項。

Choose the synonyms of the underlined words below.

⑪ 嚴老師是一個很會為學生考慮的好老師。　　□

　　A. 熱情　　　B. 開心　　　C. 著想　　　D. 想象

⑫ 她的外貌不怎麼樣，唱的歌卻很好聽。　　□

　　A. 音容　　　B. 長相　　　C. 口才　　　D. 外人

選擇正確的詞語填空。 Fill in the blanks with the right words.

> 著想　筆畫　象形文字　長相　熱情　蜂蜜　難度　順序　詞語

⑬ 為了你的健康 _____，還是不要抽煙好。

⑭ 藝術體操有很多 _____ 很高的動作，很少人能做得到。

⑮ 奧運會運動員入場的先後 _____ 是按各個國家開頭的第一個字母決定的。

⑯ 小豔在作文中運用了很多優美的 _____，受到了老師的好評。

⑰ _____ 是由圖畫演化而來的，是一種最古老的文字形式。

⑱ 有些字，如“己”和“已”，只在 _____ 上有細微差別，要注意區分。

⑲ 由於 _____ 不好看，小松經常受到同學的捉弄。

⑳ 這件事真讓人感動，心裏像喝了 _____ 似的，甜甜的。

㉑ 我剛從國外回來，姑姑一家就 _____ 地邀請我去他們家做客。

在括號裏正確地填寫"的、地、得"。

Fill in the brackets with "的、地、得".

㉒ 星期日早晨，可愛（　　　　　）多多興高采烈（　　　　　）來到碧山新建
（　　　）體操館。這是她第一次看到體操館，她興奮（　　　）東瞧瞧，
西看看。一會兒輕輕（　　　）摸摸球，一會兒把腳抬（　　　）高高的，
一會兒像小鹿一樣在地毯上跳，最後還不由自主（　　　）跳起芭蕾舞。
突然，她（　　　）手停在半空中，因為所有人都驚訝（　　　）看著她。
原來，多多闖入了國家隊體操訓練館。她羞（　　　）無地自容。

🕐 課堂活動 Class Activities

安全造句 Safe Zone Sentence-making

分小組進行造句比賽。同一個小組的同學把手放在書桌上，仔細聽老師說的
句子，如果句子裏有課文中的生詞，就要跑到事先劃好的"安全區"，避免
被老師抓到。如果老師說的句子沒有課文中的生詞，將手從書桌上移開的同
學就要代替老師造句。反應最快，錯誤最少的小組獲勝。

Conduct a sentence-making contest in groups. Every member needs to put their hands on
the tables, and listen carefully to the sentences said by the teacher. If there is any vocabulary
being said, the group members needs to run to the "safe zone" as fast as they can. If there is no
vocabulary in the sentence, then the student who first leaves his hands on the table has to make
a sentence for the teacher. The group with the least mistakes and the fastest reactions wins.

💬 口語訓練 Speaking Tasks

第一部分　根據主題"語言與身份"，做 2-3 分鐘的口頭表達。做口頭表
達之前，先根據提示寫大綱。

Make a 2-3 minutes oral presentation on the theme "language and identity". Before you start,
use the form below to make an outline.

大綱 Outline	內容 Content
觀點 Perspectives	
事例 Examples	
名人名言 Famous quotes / 熟語 Idioms	
經歷 Experiences	
總結 Summary	

第二部分   回答下面的問題。Answer the following questions.

① 你學習中文多久了？

② 中文真的很難學嗎？恐怕每個人答案是不同的。你認為呢？

③ 學習中文有什麼比較好的方法嗎？

④ 你學習中文的時候，有沒有碰到什麼有趣的事？

⑤ 為什麼學習中文的人越來越多？

🏷 Tips

如何聽懂考官通過設問提出的問題？

How to understand the reflexive questions raised by the examiner?

考官有時候會通過設問的方式來提問。考生要懂得區分設問句，抓住考官想要表達的意思，才能答對題目。

Sometimes, the examiner will test the student through reflexive questions. If we are conscious of those questions and catch the meaning the examiner wants to express, there is a great chance that we can answer those questions properly.

設問就是自問自答，考官自己提出問題，說明觀點。

A reflexive question is a question answered by the questioner himself. The purpose of asking such a question is to express the perspective of the examiner.

例如：問答題的第二個問題 "中文真的很難學嗎？恐怕每個人答案是不同的。"，老師在這個設問裏隱含的觀點是：中文並不一定難學，每個人看法是不同的。

For example: the second question in the previous session, "Is Chinese really difficult to learn? Everyone's answer might be different." The hidden point of view in this reflexive question is: learning Chinese isn't that hard, everyone can have their own perspectives.

我是誰？我從哪裏來？我要到哪裏去？只有方言才能回答這些問題。方言是中華傳統文化的一部分，體現了華人的民族與地方特點。說相同方言的人，感覺更加親近，因為方言裏有著普通話無法傳遞和表達的情感。為了留住遠去的方言，我們決定收集各地方言，找到各地最會說方言的人，用紙筆和錄像把方言記錄下來，出一本方言書。如果你符合以下特點，請和我們聯繫。

● 吐字清晰：

年齡 30 歲左右，說話吐字清晰。

● 學歷：

文化水平不限。

● 身份：

家裏至少三代是土生土長的當地人，會說當地的生活語言。

● 其他要求：

不怕熱，為了不影響錄音效果，錄音時不開電風扇和空調。

錄像時需要坐直，保持形象。

錄音時不能吞口水。

需要多次重複錄音。

有時要唱唱歌、跳跳舞，展現傳統文化。

一天工作八個小時，中間有一小時休息。

生詞短語

fāng yán	方言 dialect
chuán tǒng	傳統 tradition
mín zú	民族 nationality
qīn jìn	親近 intimate
pǔ tōng huà	普通話 Putonghua
chuán dì	傳遞 transmit
shōu jí	收集 collect
lù xiàng	錄像 video
fú hé	符合 conform
lián xì	聯繫 contact
qīng xī	清晰 clear
xué lì	學歷 education background
shēn fèn	身份 identity
sān dài	三代 three generations
tǔ shēng tǔ zhǎng	土生土長 local
lù yīn	錄音 record
xiào guǒ	效果 effect
xíng xiàng	形象 image

生詞短語

quán fāng wèi
全方位 all-round

zhǎn xiàn
展現 display

tè sè
特色 characteristic

zī yuán
資源 resource

bāo róng
包容 tolerance

jiǎn lì
簡歷 resume

miàn shì
面試 interview

chū bǎn shè
出版社 publisher

　　我們將在八十八個地方尋找會說方言的人，希望能全方位地展現方言的地方特色。方言是我們需要保護的語言資源。保護方言，就是保護中華文化的多樣性和包容性。

　　符合以上要求的人，可以來試一試，請帶上簡歷到以下地址面試：

聯繫地址：福建省廈門市太陽街 55 號方言出版社

聯繫人：李先生

聯繫電話：12534556641

2021 年 4 月 4 日

改編自 https://baijiahao.baidu.com/s?id=1625498792949544357&wfr=spider&for=pc

🔍 語法重點 Key Points of Grammar

動詞重疊　Repeated Verb

動詞重疊的意義有以下幾種：The following are the situations we should apply repeated verbs.

① 表示時間短。Indicate a short action.

> E.g.　● 聽了媽媽的話，我點了點頭。I nodded when I heard my mother's words.

② 表示緩和語氣。Indicate a moderate tone.

> E.g.　● 你收拾收拾房間吧。（客氣的語氣）You should tidy up your room.（polite tone）
>
> ● 你收拾房間吧。（直接命令、不客氣）Tidy up your room.（direct order, not moderate）

③ 表示嘗試。Indicate an attempt.

> E.g.　● 你試一試這件衣服，很好看。You should try this dress, it suits you well.

④ 表示列舉，帶有輕鬆的語氣。List something in a relax tone.

> E.g.　● 流感季節來臨，我們應該多打打球，跑跑步，活動活動，對身體才好。
>
> If the flu season comes, we should play basketball, go running,
>
> and have some activities. They are good for our bodies.

動詞重疊的形式有以下幾種：
There are several types of repeated verbs:

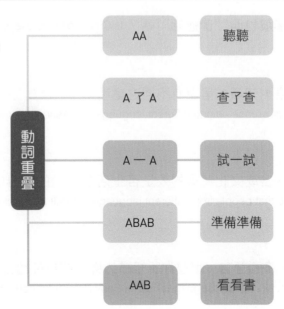

課文理解 Reading Comprehensions

① 方言體現了哪些特點？

② 方言和普通話的差別是什麼？

③ 為什麼要出方言書？

④ 他們對說方言的人有沒有學歷要求？

⑤ 為什麼要保護方言？

概念與拓展理解 Concepts and Further Understanding

① 課文二的寫作目的是什麼？ What is the writing purpose of text 2?

② 漢語在新加坡也叫 "普通話" 嗎？ Is Chinese language in Singapore also called "Putonghua"?

③ 不同的語言對知識的呈現有不同之處嗎？
Is there any difference among different languages in presenting knowledge?

④ 來自不同語言或文化背景的人是否生活在不同的世界中？
Do you agree that people from different languages or cultural backgrounds live in a different world?

⑤ 如果你會說多種語言，那麼你所知道的東西在每種語言中是否有不同的含義？
If you can speak multiple languages, is there any different meaning in an object of different languages?

把下面的詞語組成正確的詞組。 Connect the corresponding words below to form a correct phrase.

① 符合　　　　信息　　　② 收集　　　　明顯

　　傳統　　　　文化　　　　效果　　　　資源

　　傳遞　　　　要求　　　　回收　　　　樣本

從生詞表裏找出下列詞語的同義詞。

Find the synonyms of the following words in the vocabulary list.

③ 視頻＿＿＿＿＿＿＿＿　④ 相關＿＿＿＿＿＿＿＿　⑤ 清楚＿＿＿＿＿＿＿＿

從生詞表裏找出下列詞語的反義詞。

Find the antonyms of the following words in the vocabulary list.

⑥ 生疏＿＿＿＿＿＿＿＿　⑦ 四海為家＿＿＿＿＿＿　⑧ 計較＿＿＿＿＿＿＿＿

選擇正確的詞語填空。 Fill in the blanks with the right words.

> 普通話　方言　學歷　身份　三代　形象　錄音
>
> 全方位　展現　簡歷　面試　出版社　特色

⑨ 由於普通話的推廣，即使各地區的人使用＿＿＿＿＿＿，也能互相溝通。

⑩ 這家茶館雖然不大，但是佈置得很有 ＿＿＿＿＿＿。

⑪ 很多＿＿＿＿＿都想出版倪老師寫的書。

⑫ 他雖然是廣東人，＿＿＿＿＿＿卻説得很流利。

⑬ ＿＿＿＿＿＿時，他表現得很自信，主考官十分滿意，當場決定錄用他。

⑭ 只要能幹活就行，我不在乎＿＿＿＿＿＿，對我來説工人和博士沒什麼區別。

⑮ 今年經濟不好，工作難找，他在網上投了很多份＿＿＿＿＿＿，都沒有得到回應。

⑯ 請以家長的＿＿＿＿＿＿給校長寫一封感謝信。

⑰ 翻過這座山，＿＿＿＿＿＿在我們眼前的是看不到邊的大海。

⑱ 一家＿＿＿＿＿＿人團聚在一起，歡歡喜喜過春節。

⑲ 流感季節來了，我們要進行＿＿＿＿＿＿的清潔和消毒。

⑳ 小説中的英雄＿＿＿＿＿＿感動了很多讀者。

㉑ 聽説 IB 口試的時候，老師會進行＿＿＿＿＿＿，這讓我很緊張。

用動詞的重疊形式改寫句子。 Transfer sentences with repeated verbs.

㉒ 你買了新電腦？給我看一下。＿＿＿＿＿＿＿＿＿＿＿＿＿＿＿＿＿＿

㉓ 週末我一般會上網、逛街、看電視。＿＿＿＿＿＿＿＿＿＿＿＿＿＿＿＿

㉔ 路過教室，老師對我點頭。＿＿＿＿＿＿＿＿＿＿＿＿＿＿＿＿＿＿＿＿

㉕ 媽媽做的菜很好吃，你嚐一下。＿＿＿＿＿＿＿＿＿＿＿＿＿＿＿＿＿＿

㉖ 讀書讀累了，就休息一會兒。＿＿＿＿＿＿＿＿＿＿＿＿＿＿＿＿＿＿＿

🕐 課堂活動 Class Activities

方言調查 Dialect Investigation

分小組設計一個方言調查報告，根據調查結果得出一個結論，並給出建議。

Design a dialect investigation in groups, then conclude and give advice based on what you found.

調查目的	調查方言在家庭中的使用情況
調查方法	通過＿＿＿＿＿＿＿＿＿＿＿＿＿＿＿進行調查
調查結果	＿＿＿＿＿＿＿＿＿＿＿＿＿＿在家裏使用方言
調查分析	影響方言在家裏使用的主要原因是＿＿＿＿＿＿＿
建議	＿＿＿＿＿＿＿＿＿＿＿＿＿＿＿＿＿＿＿＿

💬 口語訓練 Speaking Tasks

第一部分 根據圖片，做 3–4 分鐘的口頭表達。
做口頭表達之前，先根據提示寫大綱。

Make a 3-4 minutes oral presentation based on the picture.
Before you start, use the form below to make an outline.

大綱 Outline	內容 Content
圖片內容 Information of the picture	
圖片主題 Theme of the picture	
提出觀點 Make your points	
延伸個人經歷 Relate to personal experiences	
名人名言 Famous quotes / 熟語 Idioms	
總結 Summary	

第二部分　　**回答下面的問題。Answer the following questions.**

① 有人認為，隨著英文的普及，母語的存在哪裏還有意義呢？你認同這樣的觀點嗎？

② 我們是否應該禁止學校統一使用英文進行教學？

③ 如果在學校説母語會被同學看不起，你會堅持説母語嗎？

④ 如果你的長輩只會説母語，不會説英文，你會試著學母語和他們溝通嗎？

⑤ 你認為應該如何保護母語？

🏷 **Tips**

如何聽懂考官通過反問提出的問題？

How to understand the rhetorical questions raised by the examiner？

考官有時候會通過反問的方式來提問。考生要懂得抓住考官想要表達的意思，才能答對題目。

Sometimes, the examiner will ask rhetorical questions. To answer them correctly, students need to understand what the examiner means.

反問是只問不答，考官的觀點隱含在問句中。

One of the features of rhetorical questions is that they are questions which don't need answers. The perspective of the examiner is implied in the question.

例如：問答題的第一個問題 "隨著英文的普及，母語的存在哪裏還有意義呢？"，老師在這個反問裏隱含的意思是：母語沒有存在的意義。

For example: the first question in the previous session "Along with the universalization of English, is there any meaning of the first languages to exist? The implied meaning in this rhetorical question is: there is no meaning of the first languages to exist.

閱讀訓練 Reading Tasks

文章 1 | 全球漢語熱

仔細閱讀下面的短文，然後回答問題。
Read the passage carefully and answer the following questions.

據了解，除了中國之外，全世界學習、使用漢語的外國人已超過一億。全球有六十多個國家將漢語教學加入了國民教育體系，一百七十多個國家開設了漢語課程或漢語專業。

A. 新加坡

華語是新加坡的四種官方語言之一。新加坡教育推行雙語政策，雖然年輕人在雙語教育制度中成長，但華語水平並沒有真正達到母語水平。為此，新加坡還開展了“講華語運動”，希望年輕人能認識到學習華語不但能夠幫助他們更好地了解自己的根和文化，還能幫助大家和博大精深的中華文化建立起一種深層次的情感聯繫。

B. 日本

如今，學習漢語不再僅僅是日本人的興趣愛好，還關係到他們的個人前途。越來越多的日本大學開設了中文課程，民間中文教學也越來越活躍。漢語可以說是日本人必須掌握的語言。隨著中國國家經濟的快速發展，日本國內的漢語學習成為一種熱潮，漢語的受歡迎程度甚至超過了傳統的英語，成為最受歡迎的外語。

C. 韓國

在韓國，漢語被納入“大學修業能力考試”中，類似中國的高考。

漢語也是韓國中學生必修的語言學科，每學期設置漢字考試作為學習成果的考核。漢字學習的階段也從中學提前到小學。很多家長專門送小朋友到中文學校學習，就是希望他們可以達到 HSK 四級以上的漢語水平，以便更好地申請到中國留學。

D. 美國

2003 年，美國大學理事會將漢語列為 AP（Advanced Placement Program）課程之一，標誌著漢語走入美國的主流課堂，一些公立學校還將中文列為必修課。甚至還有人專門建立學校，上午半天全中文授課，下午半天全英文教學，課程涵蓋數學、科學等小學的常規課程。美國的家長們更不惜花上重金讓自己的孩子學習漢語。他們認為，自己的孩子學習漢語是件很酷的事情，學習漢語也將給孩子的未來帶來更多、更好的機會。

根據以上短文，選擇正確的段落，在方格裏打勾（✓）。

According to the short passage above, tick (✓) in the correct boxes.

① 哪個國家將漢語列入大學入學考試？

A. ☐　　　B. ☐　　　C. ☐　　　D. ☐

② 哪個國家的學校使用中文教數學？

A. ☐　　　B. ☐　　　C. ☐　　　D. ☐

③ 哪個國家學習華語是為了了解自己的文化？

A. ☐　　　B. ☐　　　C. ☐　　　D. ☐

 Tips

了解段落之間的並列結構
The parallel structure between paragraphs

段落也叫自然段，是構成篇章最小的單位。

A paragraph, also known as a natural paragraph, is the smallest unit to constitute a passage.

段落和段落之間有不同的結構形式，並列結構是其中的一種。在並列結構中，每個段落的地位是一樣平等重要的，沒有主次之分。即使我們調整段落的先後順序，也不會影響讀者對文章的理解。在文章中使用並列結構，可以使說明的事物更加清楚，更有條理性。

There are different types of structures between paragraphs, and the parallel structure is one of them. In this type of structure, every paragraph is as important as the rest, which means there is no priority among them. Even though we change the order of paragraphs, the comprehension remains the same. Using the parallel structure in the passage can produce a more clear and rational explanation.

例如，《全球漢語熱》A、B、C、D 四個段落就是並列結構。

for example: the four paragraphs A, B, C and D in the passage《全球漢語熱》(*The Chinese Fever*) is in parallel structure.

④ 哪個國家的大學開設中文課程？

　　A. ☐　　　　B. ☐　　　　C. ☐　　　　D. ☐

⑤ 哪個國家的家長希望孩子到中國留學？

　　A. ☐　　　　B. ☐　　　　C. ☐　　　　D. ☐

⑥ 哪個國家的家長認為孩子學習漢語是很值得驕傲的一件事？

　　A. ☐　　　　B. ☐　　　　C. ☐　　　　D. ☐

⑦ 哪個國家將漢語作為官方語言之一？

　　A. ☐　　　　B. ☐　　　　C. ☐　　　　D. ☐

⑧ 哪個國家是因為中國經濟好才學漢語？

　　A. ☐　　　　B. ☐　　　　C. ☐　　　　D. ☐

⑨ 哪個國家的人認為漢語是最受歡迎的外語？

　　A. ☐　　　　B. ☐　　　　C. ☐　　　　D. ☐

⑩ 哪個國家將漢語作為母語進行學習？

　　A. ☐　　　　B. ☐　　　　C. ☐　　　　D. ☐

| 文章 2 | 世界母語日嘉年華 |

❶　2月21日是"世界母語日"，香港教育局在當天將舉辦"世界母語日嘉年華"。這次活動由香港教育局、香港教育大學和香港中文大學合辦，希望通過豐富的活動，幫助大家了解香港的母語文化，承認和尊重語言與文化的多樣性，為加強香港社會的團結和凝聚出一份力。

❷　活動宗旨：

● 了解香港母語文化的現狀。

● 鼓勵香港市民多說母語。

● 強調語言的多樣性。

● 推動建設和平、包容的社會。

③　活動詳情：　　④　活動內容：

● 時間：上午 8 點半至　● 工作坊：介紹母語日的由來和世界母語的發展狀況。

　　　　下午 3 點半　　● 歌唱比賽：用不同語言演唱同一首歌。

● 費用：免費　　　　　● 節目表演：製作不同民族的服裝。

● 地點：香港沙田廣場　● 遊戲活動：通過活動體驗不同國家的風土人情。

⑤　如果需要報名，香港市民可通過教育局網站 https://www.edb.gov.hk 報

名或致電母語日熱線 8226 7067 登記。

根據 ❶，回答下面的問題。 According to ❶, answer the following questions.

① "世界母語日嘉年華" 在哪一天舉行？

_____

② "世界母語日嘉年華" 由香港教育局和哪兩所大學共同舉辦？

a._____

b._____

根據 ❷，找出最接近下面解釋的詞語。

According to ❷, write down the most relevant synonyms of the following words.

例：目的：　 宗旨

③ 當前局面：_____

④ 激發：_____

⑤ 大度：_____

根據 ❸-❺，選出最適合左邊句子的結尾。把答案寫在橫線上。

According to ❸-❺, choose the suitable endings of the sentence on the left side.

⑥ 這次嘉年華…… _____　A. 需要付錢。

⑦ 工作坊…… _____　B. 從下午開始。

⑧ 遊戲活動……　　_____　　C. 可以體驗不同國家的語言文化。

⑨ 香港市民……　　_____　　D. 年輕人不喜歡紙媒。

E. 上午八點三十分開始。

F. 可通過兩種方法報名。

G. 包括介紹母語日的來歷和發展。

H. 只可在網上報名。

選出正確的答案。Choose the correct answer.

⑩ 文章的大意是_____。

A. 説明世界母語日的來源

B. 介紹 "世界母語日嘉年華" 受歡迎的原因

C. 介紹 "世界母語日嘉年華" 的活動詳情

D. 介紹 "世界母語日嘉年華" 的主題

⑪ 這是_____。

A. 一篇日記　　B. 一張宣傳單　　C. 一封書信　　D. 一篇訪談稿

聽力訓練 Listening Tasks

一、《語言與歧視》　🎧19

你將聽到關於《語言與歧視》的文章。你將聽到兩遍，請聽錄音，然後回答問題。

You will hear a recording *Language and Discrimination*. The clip will be played twice. Please listen and answer the questions.

請先閱讀一下問題。Please read the questions first.

① 和講同一種語言的人在一起，你會覺得很有_____。

② 外國人講中文的話會贏得中國人的_____。

③ 華人不想好好學英文主要是因為他們覺得沒有必要_____新文化。

④ 如果你和本地人發生_____，講英文會對你有很大的幫助。

⑤ 我們常常抱怨，卻不反思自己是否能夠在_____間熟練地表達自己。

⑥ 俗話説 "_____"。既然來到了異國，就應該努力融入異國的語言文化。

⑦ 都是中國人，大家長相雖然差不多，但一開口，_____就出賣了你。

⑧ 如何克服和減少歧視，除了抱怨，更需要積極主動的_____。

根據熟語聽出作者的觀點 Recognize the perspective of the author through idioms

有時候作者會引用一些熟語，如成語、歇後語等，讓自己的觀點能更加清楚地表達出來。了解這些熟語的含義，有助於我們聽出作者的觀點和想法。

On some occasions, the author will use idioms like four-word expressions and similes to express opinions more clearly. Learning these idioms can be beneficial for our listening.

例如：聽力片段一中，"入鄉隨俗"就是對後面句子"既然選擇離開自己的祖國，來到了異國……這對提升自身的生活質量是有益的。"的一種解釋。作者在這裏的用意是鼓勵新移民應該學習英文，融入當地社會。

For example: In the listening of recording 1, the idiom "入鄉隨俗"(when in Rome, do as the Romans do) is one of the explanations of "if you choose to leave your motherland to a foreign country, ... is helpful to increase the quality of life." The author wants to encourage new immigrants to learn English well and to incorporate into society.

二、《如何在中國學標準的普通話》

你即將聽到第二個聽力片段，在聽力片段二播放之前，你將有四分鐘的時間先閱讀題目。聽力片段將播放兩次，聽力片段結束後，你將有兩分鐘的時間來檢查你的答案。請用中文回答問題。

You will hear the second audio clip. You have 4 minutes to read the questions before it starts. The clip will be played twice, after it ends, 2 minutes will be given to check the answers. Please answer the questions in Chinese.

根據第二個聽力片段的內容，回答問題 ①-⑥ 。

Answer questions ①-⑥ according to the second audio clip.

根據第二個聽力片段的內容，從 A，B，C 中，選出一個正確的答案，把答案寫在橫線上。

According to the second clip, choose the right answer from A,B,C and write it on the line.

① 學漢語的外國學生感到奇怪，因為_____。

　A. 中文老師教的普通話不標準

　B. 中文老師教的普通話在中國不能用

　C. 中文老師教的普通話在中國各地並不通用

② 中國有些地方的人很難講標準的普通話是因為_____。

　A. 當地方言的流行　　　B. 當地口音的流行　　　C. 以上都是

③ 在北京和上海的人會講標準的普通話是因為_____。

    A. 北京和上海的外地人多   B. 北京和上海是大城市

    C. 那裏的老師教的普通話標準

選出五個正確的敘述。Choose five correct descriptions.

④ _____   A. 到中國的大學學習普通話是因為那裏學校環境優美。

    _____   B. 在中國的大學學習完短期課程，回國後還可以繼續和同學在網上聊天。

    _____   C. 熱門景點為遊客練習聽懂不同口音提供了好機會。

    _____   D. 聽懂不同口音的普通話很重要。

    _____   E. 中國內地和台灣使用的書面文字不一樣。

               F. 中國的一些方言和普通話非常不同。

               G. 講流利的普通話有助於學習廣東話。

回答下面的問題。Answering the following questions.

⑤ 文中提到的熱門景點有哪些？至少舉一個。

_____

⑥ 文中提到的中國方言，除了廣東話外，還有哪兩個？

_____

✎ 寫作訓練：電子郵件 Writing Tasks: Email

熱身

● **根據課文一，討論電子郵件的格式是什麼。** According to text 1, discuss the format of an email.

● 比較電子郵件和書信有什麼不同點和相同點。

Compare the similarities and differences between an email and a letter.

	電子郵件	書信
相同點		
不同點		

Tips

文體：電子郵件
Text type: Email

通過互聯網接收的信件。
Letter you received through the Internet.

格式 參考課文一

寄件人：XX@email.com
收件人：XX@email.com
日期：X 年 X 月 X 日
主題：XXXXXX

親愛的 / 尊敬的 XX

開頭：問候語 + 電子郵件的目的

正文：電子郵件的主要內容

結尾：結束語 + 期待回覆

祝福語

XX

練習一

你的學校要求每位同學在考劍橋第二語言中文（IGCSE 0523）之前，必須先通過 HSK 四級考試。請給你的老師寫一封電子郵件，向他 / 她說明你對這個規定的看法。

以下是一些人的觀點，你可以參考，也可以提出自己的意見。但必須明確表示傾向。字數：250-300 個漢字。

中文已經很難學，沒有必要再浪費時間考 HSK，而且你也沒有打算去中國留學。

應該考 HSK，這樣才能促進自己漢語學習的動力，也能多了解中國的文化，還能用 HSK 申請中國的大學留學，一舉兩得。

練習二

你在英國的朋友給你寫信，信中提到中文非常難學，也感覺沒有什麼用，打算放棄，改學其他語言。請給你的朋友寫一封電子郵件，說說學習中文的重要性，並鼓勵他 / 她不要放棄。字數：300-480 個漢字。

🏷 Tips

如何寫好電子郵件的開頭？ How to write a good opening of email?

方法 1: 開門見山 Method 1: Talk Turkey

第一句話就說明寫電子郵件的目的。Point out the theme of your email in the first sentence.

例：Example:

親愛的小華：
你好！今天我給你寫郵件，主要是想告訴你我回香港上大學了。
Dear Xiao Hua,
Greetings! I am writing this email to tell you that I went back to Hong Kong to go to university.

方法 2: 設置問題 Method 2: Set a question

開頭就提出問題，或引起對方注意，或造成懸念引人思考，這樣的開頭顯得新穎。

Ask a question at the beginning, or something that draws attention, or something that causes suspension. This kind of opening can create novelty.

例：Example:

親愛的小華：
你好！你知道新加坡政府要求公務員都要考漢語 HSK 4 級嗎？
Dear Xiao Hua,
Hello! Do you know that in Singapore, if you want to be a civil servant, you need to pass the HSK level 4 test?

Communication and media

交 流 與 媒 體

 導 入 Introduction

宣傳是媒體信息時代一個重要的現象，在現代社會中扮演著越來越重要的角色。人們通常通過語言、姿勢、表情等面對面進行宣傳；或者通過大眾傳播媒介，如報紙、雜誌、書籍等傳統媒體和廣播、電視、微信、微博等新媒體進行教育、勸說、誘導、批判等，目的在於讓觀眾接受宣傳者的想法。青少年應該學會辨別宣傳的真假，不亂傳播信息，以免引起社會恐慌。

Propaganda is one of the most significant features of the Information Age, it plays a role in our society nowadays. People do propaganda face to face through languages, gestures, and facial expressions. For remote communication, people use public media, including traditional media like newspapers, magazines, books, and new media such as radio, television, Wechat and Weibo to have education, persuasion, inducement, and criticism on others. The target is to make the audience accept their thoughts. Teenagers should learn to distinguish whether these propagandas are credible or not, and don't become the propagators of fake news that trigger social panic.

學習目標 Learning Targets

閱讀 Reading

● 學會區分廣告中的"事實信息"和"宣傳用語"。
Know the differences between "authentic information" and "propaganda language".

口語 Speaking

● 針對事件發表自己的看法。
Share your opinion in connection with the incident.

● 根據圖片有條理地發表看法。
Share your opinion logically in connection with the picture.

聽力 Listening

● 掌握如何聽新聞。
Learn how to listen to news.

寫作 Writing

● 學會如何寫好論文。
Learn to write a good essay.

生詞短語

diàn zǐ yān
電子煙 electronic cigarette

jīng yà
驚訝 surprise

xíng zhuàng
形狀 shape

kù
酷 cool

xuān chuán
宣傳 propaganda

bō fàng
播放 play

xī yǐn
吸引 attract

xū jiǎ
虛假 false

gòu mǎi
購買 buy

pàn duàn
判斷 estimate

gōng yì guǎng gào
公益廣告 public service announcement

jiǎng shù
講述 tell

cháng shì
嘗試 try

fēn xiǎng
分享 share

kǒng hè
恐嚇 intimidate

wēi hài
危害 harm

zǒng ér yán zhī
總而言之 all in all / in a word

gè zhǒng gè yàng
各種各樣 a variety of

pàn duàn lì
判斷力 judgment

yǒu hài wù zhì
有害物質 toxicant

陶小樂

前不久看到一篇報道，很多年輕人在廣告宣傳的影響下都玩起了電子煙。這讓我很驚訝！報道說年輕人覺得吸電子煙讓他們看起來很帥，因為通過電子煙吐出來的煙，不但可以越變越大，還能形成不同的形狀，也能讓他們在朋友圈"酷"一把。可見，廣告宣傳無所不在，也影響著年輕人的生活。

使用電子煙，戒煙不再困難。

款式時尚，口味五花八門。

適合各類煙民，無有害物質，蒸汽煙無危害

不會產生明火、避免因為亂扔煙頭引起森林火災的問題。

一方面，電子煙廣告通過播放各種各樣的"煙圈"視頻吸引年輕人，還宣傳吸電子煙是每個年輕人必須擁有的"現代生活方式"，是一種"酷文化"。對於這樣的宣傳，我覺得很痛心，因為這樣的虛假廣告的目的是鼓勵十三至十八歲的年輕人購買電子煙。俗話說，"凡事不能只看表面"。年輕人應該學會判斷真假。這些虛假廣告不但不酷，還會危害身體健康。

另一方面，網上也有一些公益廣告宣傳吸電子煙的危害。比如美國的公益廣告《負重鬼》，講述了一隻鬼一直叫年輕人不斷嘗試、吸食、分享電子煙，還讓年輕人去做危險的事情。這種看完後令人害怕的廣告，是以一種恐嚇的方式來告訴年輕人吸電子煙的危害的。

在我看來，廣告是宣傳的一種方式，目的是勸說人們消費。我們應該理性地分辨廣告中提到的種種"好處"，不要受虛假廣告的影響而上當。當然，有的廣告也有宣傳教育的作用，比如公益廣告。

總而言之，不管廣告如何宣傳，作為年輕人，我們應該冷靜地看待各種各樣的廣告，要有自己的判斷力。電子煙，畢竟有個"煙"字，雖說有各種水果口味，但那些都是有害物質。所以，我還是希望不抽煙的年輕人不要受廣告宣傳的影響去玩電子煙，這真不是一件很酷的事。

🔍 語法重點 Key Points of Grammar

數量詞　Quantifier

在現代漢語裏，數詞一般不能直接修飾名詞，中間必須加上特定的量詞。

In modern Chinese, numerals are generally not used to modify nouns directly. One needs to put a specific measure word between them.

① 表示小而圓的東西，通常用：粒、顆，如：一粒大米、一顆葡萄、一顆珍珠
For something small and rounded: 粒、顆 e.g. : a grain of rice, a grape, a pearl

② 表示又長又硬的東西，通常用：根、支，如：一根香煙、一根棍子
For something long and hard: 根、支 e.g. : a cigarette, a stick

③ 表示又長又軟的東西，通常用：條，如：一條領帶、一條褲子
For something long and soft: 條 e.g. : a tie, a pair of trousers

④ 表示人，通常用：個、位，如：一個老師、一位畫家
For a person: 個、位 e.g. : a teacher, a painter

⑤ 表示動物，通常用：隻、匹、頭、條，如：一隻狗、一匹馬、一頭牛、一條蛇
For animal: 隻、匹、頭、條 e.g. : a dog, a horse, an ox, a snake

⑥ 表示穿戴用品，1. 衣物，通常用：件，如：一件衣服；2. 飾品，通常用：枚、頂，如：一枚戒指、一頂帽子

For clothing, especially accessories and head covering: 件、枚、頂 e.g. : a cloth, a ring, a hat

⑦ 表示建築物，通常用：座、棟、堵，如：一座橋、一棟房子、一堵牆

For building: 座、棟、堵 e.g. : a bridge, a house, a wall

⑧ 表示交通工具，通常用：輛，架、艘、列，如：一輛車、一架飛機、一艘船、一列火車

For transportation: 輛、架、艘、列 e.g. : a car, a plane, a ship, a train

⑨ 表示作品，通常用：幅、則、篇、首、封、支、張，如：一幅畫、一則日記、一篇文章、一首詩歌、一封信、一支曲子、一張照片

For artwork: 幅、則、篇、首、封、支、張 e.g. : a painting, a diary, a composition, a poem, a letter, a song, a photo

課文理解 Reading Comprehensions

① 年輕人為什麼開始吸電子煙？

② 電子煙廣告是如何宣傳吸電子煙的好處的？

③ 公益廣告是如何宣傳吸電子煙的壞處的？

④ 在作者看來，廣告的目的是什麼？

⑤ 年輕人應該如何看待廣告宣傳？

概念與拓展理解 Concepts and Further Understanding

① 圖片和語言在廣告宣傳中起到什麼作用？

What roles do pictures and languages play in advertisements?

② 廣告宣傳是如何利用語言影響人們的選擇的？

How does advertising make effects on people's choice by language?

③ 不同形式的廣告宣傳針對的觀眾一樣嗎？

Do different types of advertisements target the same group of audience?

④ 如何判斷廣告的真假？

How to tell whether an advertisement is true or false?

⑤ 怎麼才能知道語言是不是有意在欺騙或操縱我們？

How do we know if we have been deceived or manipulated by language?

語言練習 Language Exercises

根據解釋，找出正確的詞語，並填寫在橫線上。

According to the definitions below, match the correct words and write them on the lines.

各	種	各	樣	言	語
播	放	書	判	斷	告
有	害	物	質	廣	力
煙	子	電	益	鬼	訝
孩	載	公	喜	驚	果
總	而	言	之	小	偷

① 綜上所述：＿＿＿＿＿＿＿

② 分析、決斷：＿＿＿＿＿＿＿

③ 很多種類：＿＿＿＿＿＿＿

④ 詫異：＿＿＿＿＿＿＿

⑤ 通過電視放映畫面：＿＿＿＿＿＿＿

⑥ 一種模仿捲煙的電子產品：＿＿＿＿＿＿＿

⑦ 不以賺錢為目的而為社會提供免費服務的廣告活動：＿＿＿＿＿＿＿

⑧ 不利於身體健康的東西：＿＿＿＿＿＿＿

圈出句子中的錯別字，把正確的字寫在括號裏。
Circle the wrongly written characters and write the correct words in the brackets.

⑨ 他今天穿牛仔褲，顯得很諳的樣子。（　　　　）

⑩ 新聞報道必須真實，不許有半點墟假。（　　　　）

⑪ 媽媽每週都到超市去構買日常生活用品。（　　　　）

⑫ 小明的爸爸口口聲聲說要戒煙，但卻始終沒做到。（　　　　）

⑬ 他常用恐蝦的手段欺負同學。（　　　　）

⑭ 小松沾染上了圾煙的壞習慣。（　　　　）

⑮ 小宗很久沒來上學了，老師很驚伢他今天竟然會來學校。（　　　　）

選擇正確的詞語填空。 Fill in the blanks with the right words.

> 分享　　形狀　　宣傳　　播放　　吸引　　判斷

⑯ 今天大家聚在這裏，一起＿＿＿＿＿＿出國留學的感受。

⑰ 有些廣告信息的真假很難＿＿＿＿＿＿。

⑱ 電視正在＿＿＿＿＿＿飛機出事時的畫面。

⑲ 廣播、電視、報紙都在積極＿＿＿＿＿＿環境保護的重要性。

⑳ 老師講得很好，很＿＿＿＿＿＿人，不知不覺一堂課就過去了。

㉑ 在一千枚雞蛋中，沒有兩枚＿＿＿＿＿＿是完全相同的。

在括號裏正確地填寫量詞。

Fill in the blanks with the correct quantifiers.

㉒ 一（　　　）朋友、同學、女孩、工人

㉓ 一（　　　）魚、蟲、蛇、腿、尾巴

㉔ 一（　　　）蠟燭、筆、香蕉、頭髮、油條

㉕ 一（　　　）山、橋、廟、別墅

㉖ 一（　　　）上衣、T恤

廣告大師 Master of Advertising

選擇恰當的廣告語填入下列表格中。Choose the appropriate slogans and fill in the table below.

A. 無所不包！　　B. 一毛不拔！　　C. 一呼百應！　　D. 以帽取人！

E. 除鈔票外，承印一切！　　F. 趁早下"斑"，請勿"痘"留！

	公司	廣告語
1	餃子舖	
2	帽子公司	
3	理髮店	
4	化妝品公司	
5	中國電信公司	
6	印刷公司	

💬 口語訓練 Speaking Tasks

第一部分　　根據主題"宣傳"，做 2-3 分鐘的口頭表達。做口頭表達之前，先根據提示寫大綱。

Make a 2-3 minutes oral presentation on the theme"propaganda". Before you start, use the form below to make an outline.

大綱 Outline	內容 Content
觀點 Perspectives	
事例 Examples	
名人名言 Famous quotes / 熟語 Idioms	
經歷 Experiences	
總結 Summary	

回答下面的問題。Answer the following questions.

① 有人為了便宜，相信廣告宣傳，上網買了很多假包。對這件事你怎麼看？

② 廣告不一定都是不好的。你同意這個觀點嗎？

③ 在生活中，你或者你的家人有因為廣告受騙的經歷嗎？

④ 你覺得作為中學生應該如何防止被廣告宣傳欺騙？

⑤ 你覺得我們應該如何幫助老年人，防止他們被廣告欺騙？

🏷 **Tips**

如何針對事件發表自己的看法？ Share your opinion of a incident

針對事件發表看法時，可以按照以下三個步驟：
There are three steps you can refer with when you remark on a topic:

第一步：說明看法，表明自己贊同或反對事件中的做法。
Step 1: Share your opinion: Agree or disagree with the issue.

第二步：解釋說明，解釋自己為什麼反對或者贊同。
Step 2: Exposition: Explain why you agree or disagree.

第三步：總結，再次強調自己的看法。
Step3: Summary: Emphasize your opinion again.

例如：第一題：有人為了便宜，相信廣告宣傳，上網買了很多假包。對這件事你怎麼看？
Example: Question 1: What do you think of people buying fake handbags because the propaganda disseminates they are cheaper?

第一步：說明看法。"我不贊同有人為了買便宜的東西而相信廣告，上網買假貨的做法。"
Step1 : Share your opinion. "I disagree with the people trusting such advertisements and buying fake products for cheaper prices."

第二步：解釋說明。"很多廣告就是抓住人們喜歡貪小便宜的心理，製作虛假廣告賣假貨。我們應該學會判斷廣告的真假。比如，可以看看網站是否是真實的，買家的評論怎麼樣，以及為什麼會賣得便宜等等。"
Step2: Exposition. "There are lots of fake advertisements which make use of some greedy people who like cheaper goods. It is necessary to judge the authenticity. For example, before we buy, we can look them up on the Internet, such as the authenticity of their website, the critics of the buyers, and the reasons why they are cheaper."

第三步：總結。"總之，我們不能完全相信廣告，買之前要先判斷廣告的真假，自己才不會上當受騙。"
Step3: Summary. "To sum up, there is no advertisement that we can completely trust. We have to confirm the authenticity in case we fall in traps."

無論在外面散步還是在家裏看電視，無論是在看報紙還是在上網，你會發現廣告無處不在。面對各式各樣的廣告，你是否留意過它們的語言美呢？

廣告語言是廣告宣傳中使用的溝通工具，它通過豐富多彩的詞語進行宣傳，吸引人們的注意，從而達到勸說人們購買的目的。如何讓你的廣告變得更有吸引力呢？以下方法也許對你有所幫助。

一、數字的使用

數字的使用可以讓廣告更加真實可信，因為數字給人科學、準確的印象。比如，"經過 27 層淨化"的純淨水，運用"27 層"充分地說明了水的純淨程度。其實每一種純淨水都會經過多層的淨化，但很多人並不了解，而這個純淨水廣告巧妙地抓住了這一點，用數字向人們說明純淨水的質量，從而得到認可。

二、比喻的手法

在廣告中使用比喻，可以在短時間內給人留下深刻的印象。如"護膚品，像媽媽的手，溫柔依舊"，用媽媽的手來比喻護膚品，讓人感到親切、溫暖。

三、誇張的手法

為了引起人們豐富的想象而故意誇大產品的特點，衝擊人們的大腦認知，從而給人留下深刻的印象，這就是誇張手法的

生詞短語

sàn bù
散步 take a walk

bào zhǐ
報紙 newspaper

wú chù bù zài
無處不在 everywhere

xī yǐn
吸引 attract

quàn shuō
勸說 persuade

bāng zhù
幫助 help

kē xué
科學 science

jìng huà
淨化 purify

chún jìng
純淨 pure

qiǎo miào
巧妙 clever

zhì liàng
質量 quality

hù fū pǐn
護膚品 skincare product

yī jiù
依舊 as...as ever

gù yì
故意 deliberately

chōng jī
衝擊 shock

háng kōng
航空 airline

suō duǎn
縮短 shrink

qiáng diào
強調 emphasize

xiāng zào
香皂 soap

měi róng
美容 cosmetology

shāng pǐn
商品 product

rén xìng huà
人性化 humanize

gòng míng
共鳴 resonance

jī fā
激發 arouse

yù wàng
慾望 desire

使用。比如航空公司的廣告："從 12 月 23 日起，大西洋將縮短 20%"，誰能將大西洋縮短 20%？這一誇張的說法是要強調人們的旅行將因飛機變得更加快速、方便。又如香皂廣告："今年二十，明年十八"，誰能讓時間回到過去？這種說法雖然不合常理，但卻生動地說明了香皂的美容效果。

四、擬人的手法

擬人是指在廣告中把本來沒有生命的商品比作人，使商品更加人性化，從而引起人們的共鳴。如保護草地的公益廣告："別踩，我怕疼"，就是把小草比作人，讓人對小草產生憐愛之情，達到廣告效果。

總之，在廣告中運用一些手法可以形象而生動地宣傳產品，給產品注入新的活力，激發人們的購買慾望，從而實現廣告的目的。

天地廣告中心

2021 年 9 月 12 日

🔍 語法重點 Key Points of Grammar

指示代詞　Demonstrative pronoun

① 這、這個、這些、這裏、這兒，是指近處的事物或地點。
This (這、這個), these (這些), here (這裏、這兒) are the demonstrative pronouns of near things and places.

② 那、那個、那些、那裏、那兒，是指遠處的事物或地點。
That (那、那個), those (那些), there (那裏、那兒) are the demonstrative pronouns of distant things and places.

> **E.g.**
> - 這是一本書。這些是課本。This is a book. These are the books.
> - 那是我的學校。那些人都是我的同學。That is my school. Those are my classmates.
> - 趕緊吃，這裏有很多餐館。到了那裏，就什麼也沒得吃了。
>   Eat quickly, there are lots of restaurants here. When we reach there, we won't find a proper meal.
> - 你把書放在這兒就可以，放在那兒我擔心被小偷偷走了。
>   Put the books here, the thieves might get their hands on them there.

課文理解 Reading Comprehensions

① 廣告語言有什麼作用？

② 為什麼要在廣告中使用數字？

③ 在廣告中使用比喻手法有什麼效果？

④ 肥皂廣告的"今年二十，明年十八"是什麼意思？

⑤ "別踩，我怕疼"運用了什麼手法？

概念與拓展理解 Concepts and Further Understanding

① 課文二的寫作目的是什麼？ What is the writing purpose of text 2?

② 課文二是如何清楚地達到寫作目的的？ How is the writing purpose of text 2 articulated?

③ 除了課文二中的方法，還有哪些方法能讓廣告更有吸引力？
In addition to the method in text 2, what other methods can make advertisements more attractive?

④ "今年二十，明年十八"和"別踩，我怕疼"這兩句廣告詞表達的心情是一樣的嗎？
Do the slogans "今年二十，明年十八" (Twenty this year, eighteen next year) and "別踩，我怕疼" (Don't step on me and bring me throbbing pain) express the same feelings?

⑤ 請重新給小草做個公益廣告。Please create a new version of the public service advertisement for the grass.

把下面的詞語組成正確的詞組。 Connect the corresponding words below to form a correct phrase.

① 縮短　　　　實驗　　　　② 產生　　　　想象

　　強調　　　　重點　　　　　激發　　　　共鳴

　　科學　　　　距離　　　　　保證　　　　質量

從生詞表裏找出下列詞語的同義詞。

Find the synonyms of the following words in the vocabulary list.

③ 抱負＿＿＿＿＿＿＿　④ 誘惑＿＿＿＿＿＿＿＿　⑤ 忠告＿＿＿＿＿＿＿

從生詞表裏找出下列詞語的反義詞。

Find the antonyms of the following words in the vocabulary list.

⑥ 搗亂＿＿＿＿＿＿＿　⑦ 污染＿＿＿＿＿＿＿＿　⑧ 笨拙＿＿＿＿＿＿＿

選擇正確的詞語填空。 Fill in the blanks with the right words.

> 散步　報紙　無處不在　純淨　護膚品　依舊
>
> 故意　衝擊　香皂　美容　商品　人性化

⑨ ＿＿＿＿＿＿的設計，讓這所大學吸引了很多外國人來學漢語。

⑩ 這個小姑娘的眼睛如同黑珍珠一般＿＿＿＿＿＿。

⑪ 超市＿＿＿＿＿＿打折，吸引了很多人來購買。

⑫ 今天＿＿＿＿＿＿上發表了一篇《如何學習漢語》的文章。

⑬ 現在流感很嚴重，最好不要去外面＿＿＿＿＿＿。

⑭ 聽說多吃香蕉有助於＿＿＿＿＿＿，我覺得這是虛假信息。

⑮ 流感期間，要多用＿＿＿＿＿＿洗手，才能清除病菌。

⑯ 病毒＿＿＿＿＿＿，還是要戴好口罩，勤洗手。

⑰ 蜂蜜是天然的＿＿＿＿＿＿，可以讓你的皮膚變得光亮。

⑱ 沈老師反覆講解這個詞的意思，但我＿＿＿＿＿＿聽不懂。

⑲ 石頭在海浪的＿＿＿＿＿＿下變得十分光滑。

⑳ 老師＿＿＿＿＿＿用書敲了敲桌子，以引起同學們的注意。

在括號裏填入正確的指示代詞。

Fill in the brackets with correct demonstrative pronouns.

㉑ 從山頂看整座城市，他興奮地説："（　　　　）的風景真美呀！"

㉒ 你可以去（　　　　）幫我把作業搬過來嗎？

㉓ （　　　　）花是要送給老師的，今天是王老師的生日。

㉔ 説起二十年前的（　　　　）件事，她還是忍不住留下眼淚。

㉕ （　　　　）白色的衣服要放在一起洗，這件藍色的必須要單洗。

🕐 課堂活動 Class Activities

廣告大師 Master of Advertising

下面的廣告運用了哪些寫作手法？

Which writing techniques have been applied to the advertisements below?

	廣告	寫作手法
1	音響廣告：影像逼真，分秒觸目驚心。	
2	招聘廣告：網羅精英，如魚得水。	
3	華僑銀行廣告：華僑有喜，碧山分行，現已誕生。	
4	環保公益廣告：一塊舊手機電池，可嚴重污染 6 萬升水。6 萬升水足夠裝滿 3 個標準游泳池。	

💬 口語訓練 Speaking Tasks

第一部分 　**根據圖片，做 3–4 分鐘的口頭表達。做口頭表達之前，先根據提示寫大綱。**

Make a 3-4 minutes oral presentation based on the picture. Before you start, use the form below to make an outline.

大綱 Outline	內容 Content
圖片內容 Information of the picture	
圖片主題 Theme of the picture	
提出觀點 Make your points	
延伸個人經歷 Relate to personal experiences	
名人名言 Famous quotes / 熟語 Idioms	
總結 Summary	

第二部分 　回答下面的問題。Answer the following questions.

① 看了這個廣告後你會買茶來喝嗎？為什麼？

② 圖片上的文字如何幫助你理解這張廣告？

③ 這個廣告的作者可能是什麼人？作者對這個廣告的態度是什麼？

④ 這個廣告的口號是什麼？這個口號是什麼意思？

⑤ 從這個廣告中你學到了哪些茶文化？

🏷 **Tips**

如何根據圖片有條理地發表看法？
Express your points of view logically based on the picture?

拿到圖片時，你有 15 分鐘準備時間，這時候應該根據圖片的提示，有條理地組織口頭表達的內容，並提出自己的看法。可以大致分以下幾個步驟：

When you get the picture, there are 15 minutes for you to prepare. By this time, you should organize your speech and address it methodically. In order to achieve that, there are three steps you can reference:

1. 看圖片：注意圖片中人物的表情 / 動作 / 服飾等；注意事物擺放的位置、顏色、畫面背景等細節。

   Look at the picture: take a good look at the facial expression, action, and costume in the picture. Be aware of the details including the placement of objects, color, and background.

2. 描述圖：根據圖片所展示的人物 / 事物，按照一定的順序進行描述，可以從左到右，由遠及近，從上到下，從中間到兩邊等等。

   Describe the picture: According to the person / object shown in the picture, describing them in a specific order: from left to right, from near to far, from up and down, and from the middle to both sides.

3. 談感受：談談自己對圖片整體的感受和想法。可以用 "我猜他們應該是……" "我猜這是商家中秋節做的廣告……"。

   Express your feeling: Talk about what you feel or think of the picture as a whole. You can say "I guess they are..." or "I think it is a commercial for Mid-Autumn Festival..."

閱讀訓練 Reading Tasks

文章 1	世界各國如何應對假新聞

仔細閱讀下面的短文，然後回答問題。

Read the passage carefully and answer the questions.

　　假新聞就是借新聞報道的形式傳播錯誤信息的新聞。假新聞的傳播會影響人們的判斷，也會引起社會的不安。世界各國都採取了一系列的方法來打擊假新聞。

　　A. 英國

　　英國專門成立了打擊假新聞小組，重點檢查臉書、推特等社交網站，加大對假新聞的打擊力度。同時，在網絡、電視、電台上向人民介紹真新聞所需要的條件，比如要提供詳細、可信的數據。

　　B. 德國

　　為了打擊社交媒體傳播假新聞，德國嚴格立法，傳播假新聞的人，一旦發現就將被逮捕，而且會被關五年。媒體如果沒有在二十四小時內刪掉假新聞，將被罰款五十萬歐元。

　　C. 美國

　　美國政府要求臉書、推特等社交網站必須先檢查所有內容是否屬實，並刪除虛假的內容。谷歌也不允許傳播假新聞的網站播放廣告。

D. 中國

　　中國將教育大眾如何判斷信息的真假作為打擊假新聞的重點。大眾在收到信息時，不要馬上轉發，以免傳播假消息。過去，人們都是通過新聞了解事情的真相，然而，現在的新聞並不可靠，很多媒體為了提高點擊率而製造假消息，這給國家安全和社會安定帶來了嚴重危害，需要引起大家的注意。

根據以上短文，選擇正確的答案，在方格裏打勾（✓）。
According to the passage above, tick (✓) in the correct boxes.

① 哪個國家通過制定嚴格法律打擊假新聞？
　　A. ☐　　　　　B. ☐　　　　　C. ☐　　　　　D. ☐

② 哪個國家要求社交網站在發佈信息之前先檢查新聞的真假？
　　A. ☐　　　　　B. ☐　　　　　C. ☐　　　　　D. ☐

③ 哪個國家要向人民介紹真實新聞必須具備的條件？
　　A. ☐　　　　　B. ☐　　　　　C. ☐　　　　　D. ☐

④ 哪個國家將教育大眾判斷真假新聞作為重點？
　　A. ☐　　　　　B. ☐　　　　　C. ☐　　　　　D. ☐

⑤ 哪個國家不讓傳播假新聞的網站播放廣告？
　　A. ☐　　　　　B. ☐　　　　　C. ☐　　　　　D. ☐

⑥ 哪個國家對製造假新聞的人進行罰款？
　　A. ☐　　　　　B. ☐　　　　　C. ☐　　　　　D. ☐

⑦ 哪個國家為打擊假新聞專門成立了工作小組？
　　A. ☐　　　　　B. ☐　　　　　C. ☐　　　　　D. ☐

⑧ 哪個國家要求人們收到信息不要在第一時間內轉發消息？
　　A. ☐　　　　　B. ☐　　　　　C. ☐　　　　　D. ☐

⑨ 哪個國家通過立法規定傳播假新聞的人將坐牢？
　　A. ☐　　　　　B. ☐　　　　　C. ☐　　　　　D. ☐

❶ 超值禮盒五盒裝，傳承福建風味。傳統手工製作，每一口都是經典味道。色香味俱全，營養豐富，老少皆宜。

● 價格：￥40.00

● 送貨地區：中國和亞洲其他國家

● 優惠：買五盒送一盒

● 總銷量：17709 件

❷ 商品詳情

【–8–】真心老字號禮品

【–9–】草莓、哈密瓜、紅豆、芒果等七種口味

【–10–】800 克

【–11–】福建廈門

【–12–】三個月

【–13–】麵粉、綠豆、糖、芝麻、花生等

❸ 購前須知

● 由於餡餅保質期短，所以不接受退貨。

● 在快遞過程中，如果餡餅被壓碎無法送人或變質等，可以退貨；如果不是餡餅本身的問題，將不接受退貨。

● 網站地址：http://www.1988zx.cn/

● 客服電話：0592–2125825

● 公司地址：福建省廈門市思明區中山路 22–24 號

淡淡的香味，

久久回味！

真心伴手禮，

讓親友愛不釋手！

根據 ❶，判斷對錯，在橫線上打勾（✓），並以文章內容說明理由。

According to ❶, determine the following sentences are true or false with ticks ✓, and write your reason on the lines.

① 禮盒超值是因為將五盒餡餅包裝在一起。　　　　對　　　錯

　　理由：＿＿＿＿＿＿＿＿＿＿＿＿＿＿＿＿＿＿＿＿　＿＿＿　＿＿＿

② 真心餡餅主要受老年人喜愛。　　　　　　　　　對　　　錯

　　理由：＿＿＿＿＿＿＿＿＿＿＿＿＿＿＿＿＿＿＿＿

③ 真心餡餅是由工廠機器製作的。　　　　　　　　對　　　錯

　　理由：＿＿＿＿＿＿＿＿＿＿＿＿＿＿＿＿＿＿＿＿　＿＿＿　＿＿＿

④ 真心餡餅有北京人喜歡的口味。　　　　　　　　對　　　錯

　　理由：＿＿＿＿＿＿＿＿＿＿＿＿＿＿＿＿＿＿＿＿

⑤ 真心餡餅只賣給中國人。　　　　　　　　　　　對　　　錯

　　理由：＿＿＿＿＿＿＿＿＿＿＿＿＿＿＿＿＿＿＿＿

⑥ 真心餡餅已經賣了上萬件禮盒。　　　　　　　　對　　　錯

　　理由：＿＿＿＿＿＿＿＿＿＿＿＿＿＿＿＿＿＿＿＿　＿＿＿　＿＿＿

⑦ 真心餡餅可以在網上購買。　　　　　　　　　　對　　　錯

　　理由：＿＿＿＿＿＿＿＿＿＿＿＿＿＿＿＿＿＿＿＿　＿＿＿　＿＿＿

根據 ❷，選出相應的詞語，把答案寫在橫線上。

According to ❷, choose the corresponding words and write the answers on the lines.

⑧ [−8−] ＿＿＿＿　　A. 淨重

⑨ [−9−] ＿＿＿＿　　B. 保質期

⑩ [−10−] ＿＿＿＿　　C. 口味

⑪ [−11−] ＿＿＿＿　　D. 配料

⑫ [−12−] ＿＿＿＿　　E. 產地

⑬ [−13−] ＿＿＿＿　　E. 地點

　　　　　　　　　　　　F. 名稱

　　　　　　　　　　　　G. 質量

　　　　　　　　　　　　H. 名字

根據 ❸，回答下面的問題。

Answer the following questions in accordance with ❸.

⑭ 寫出真心餡餅可以退貨的理由。

    a._____

    b._____

⑮ 這是_____。

    A. 一篇日記　　　B. 一張宣傳單

    C. 一封書信　　　D. 一篇訪談稿

⑯ 真心餡餅除了可以買來自己吃，還可以買來_____
_____。

聽力訓練 Listening Tasks

一、《講華語運動》

你將聽到關於新加坡《講華語運動》的報道。你將聽到兩遍。請聽錄音，然後回答問題。

You will hear a Singapore news report *Speaking Chinese Movement*. The clip will be played twice. Please listen and answer the questions.

請先閱讀一下問題。Please read the questions first.

① 新加坡人要努力學習華語，因為他們的雙語優勢正在
_____。

② 李顯龍呼籲新加坡人要在_____中多使用華
語，保持新加坡華語的活力。

③ 李顯龍認為新加坡大多數年輕人的華語說得_____。

④ 世界各地的人都知道，如果要和中國人_____，就必須學好華語。

⑤ 2019 年講華語運動的口號是 "_____"。

⑥ 主辦方希望挑選出 "_____"，通過他們的故事來激勵新加坡人學習華語。

⑦ 總理親自宣傳講華語的重要性，肯定能_____很多年輕人學習華語。

⑧ 新加坡人學習華語面臨的挑戰主要是生活中_____使用華語的環境和機會。

如何區分廣告中的 "事實信息" 和 "宣傳用語"？

How to distinguish "authentic information" and "propaganda language"?

廣告、海報、傳單、宣傳冊或者小冊子在宣傳的時候形式多種多樣。在讀這些廣告宣傳時，要懂得區分廣告中的 "事實信息" 和 "宣傳用語"，才能準確了解廣告的內容。

There are lots of advertisements: commercial, poster, flyer, and pamphlet. When we are reading them, it is necessary to distinguish "authentic information" and "propaganda language" so that we can have an accurate comprehension of the advertisements.

"事實信息" 是指廣告中介紹關於產品的真實材料等信息。

The "authentic information" refers to the true information about the product in the advertisement.

"宣傳用語" 是廣告宣傳的真實目的，一般是含有寫作手法的描述性的語言。

The "propaganda language" refers to the descriptive languages which generally contain rhetorical techniques. They are the real target of an advertisement.

現在請找找文章 2 廣告的 "事實信息" 和 "宣傳用語"。

Now please find out the "authentic information" and "propaganda language" in passage 2.

如何聽新聞？ How to listen to a news properly？

考聽力的時候一定會考新聞，考生應該懂得如何理清新聞時間，把握新聞的主要內容，了解新聞發生的原因、經過和結果。

News is a common session in many listening tests. Students should recognize the timeline, and understand the main content, the cause, the course, and the result of the news.

我們可以採用六要素來聽新聞。

Listen to the news through the six elements.

請根據聽力一，填寫右面的表格。

Fill the table on the right based on listening 1.

六要素 Six elements	內容 Content
人物 Character	
時間 Time	
地點 Place	
原因 Cause	
經過 Course	
結果 Result	

二、《老人花錢買不適》

你即將聽到第二個聽力片段，在聽力片段二播放之前，你將有四分鐘的時間先閱讀題目。聽力片段將播放兩次，聽力片段結束後，你將有兩分鐘的時間來檢查你的答案。請用中文回答問題。

You will hear the second audio clip. You have 4 minutes to read the questions before it starts. The clip will be played twice, after it ends, 2 minutes will be given to check the answers. Please answer the questions in Chinese.

根據第二個聽力片段的內容，回答問題 ①-⑥ 。

Answer the questions ①-⑥ according to the second audio clip.

根據第二個聽力片段的內容，從 A，B，C 中，選出一個正確的答案，把答案寫在橫線上。

According to the second audio clip, choose the right answer from A,B,C and write it on the line.

① 老人到警察局報案，因為_____。

　　A. 他丟了 11000 元

　　B. 他健康出現了問題

　　C. 他被 "社區家園" 的人騙了

② 容易被騙子騙的大部分是_____。

　　A. 獨居老人　　　B. 子女不給他錢的老人　　　C. 知識水平低的老人

③ 老人容易被騙是因為_____。

　　A. 宣傳廣告做得好　　　B. 子女不給錢　　　C. 缺乏關懷

選出五個正確的敘述。Choose five correct descriptions.

④ _____　　A. 騙子會發購物優惠的宣傳單。

　_____　　B. 騙子用 "社區家園" 的名義取得老人的信任。

　_____　　C. "社區家園" 的人會每週送大米等禮品給老人。

　_____　　D. "社區家園" 會為老人舉辦生日晚會。

　_____　　E. "社區家園" 會免費為老人舉辦健康講座。

　　　　　　F. "社區家園" 在取得老人的信任後宣傳他們的產品。

　　　　　　G. "社區家園" 與當地居委會合作辦健康講座。

　　　　　　H. "社區家園" 到街道上尋找老人作為宣傳目標。

回答下面的問題。Answer the following questions.

⑤ 騙子利用老人什麼樣的心理而開設健康講座？

_____

⑥ 警方提醒老年人應怎麼做才不會被宣傳所騙？

_____

文體：論文
Text type: Essay

論文也叫議論文，是針對某人、某事物、某事件發表意見或看法的一種文體。

An essay is also a type of argumentation, which is an article of expressing opinions on something, someone, and events.

寫作訓練：論文 Writing Tasks: Essay

熱身

● **根據課文一，討論論文的格式是什麼。**

According to text 1, discuss the format of an essay.

格式 **參考課文一**

標題

作者

□□開頭：提出論點

□□正文：有條理地論證論點
　　一方面……
　　另一方面……

□□結尾：重申論點
　　總而言之……

你的朋友變胖了，決定通過吃減肥藥恢復身材。她上網看了很多關於減肥藥的宣傳廣告，選擇了一種，試用了一段時間後，發現自己更胖了。請針對這個事件發表一篇論文。以下是一些別人的觀點，你可以參考，也可以提出自己的意見。但必須明確表示傾向。字數：250–300 個漢字。

> 廣告宣傳的 "瘦就是美" 是大家公認的。所以美女就必須是瘦的。

> 心靈美才是真正的美，不能以廣告宣傳的美作為美的標準。

越來越多的年輕人喜歡在網上買書，他們認為去當當網或者淘寶網買書，不但價格便宜，而且方便、快捷。這對實體書店的生意產生了很大的影響，很多書店被迫關門。請針對這一情況，寫一篇議論文，發表自己對這種現象的看法。字數：300–480 個漢字。

如何寫好議論文？ How to write a good essay？

一、議論文的基本結構 The basic format of an essay

寫議論文的時候，一定要遵守議論文的三個基本部分。

There are three basic parts you need to follow when you are writing an essay.

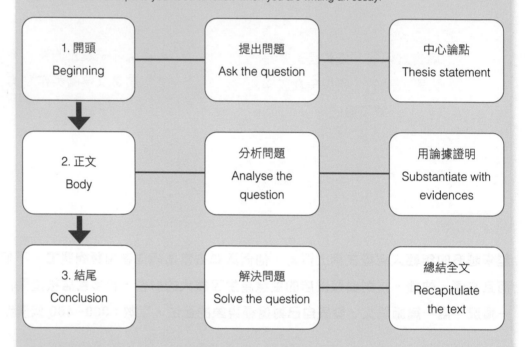

二、議論文三要素 The three elements of an essay

首先，論點要明確，不可模糊。論據要典型，不能是人們不熟悉或不知道的事例。論證要有邏輯性，不可隨意。所引用的熟語或者典故應該是大家熟知的，否則無法引起共鳴。

First, you should specify your standpoint without any ambiguity. Your evidence has to be typical. The abnormal and unknown examples are definitely unqualified. Then, the demonstrations need to be logical and prudent. All the idioms and stories you cite have to be familiar, otherwise, it is difficult to arouse responses.

其次，論文的結構要有組織性和條理性。

Next, your argumentation should have an intact structure and logic.

最後，需要強而有力的文字。

Finally, potent words are needed.

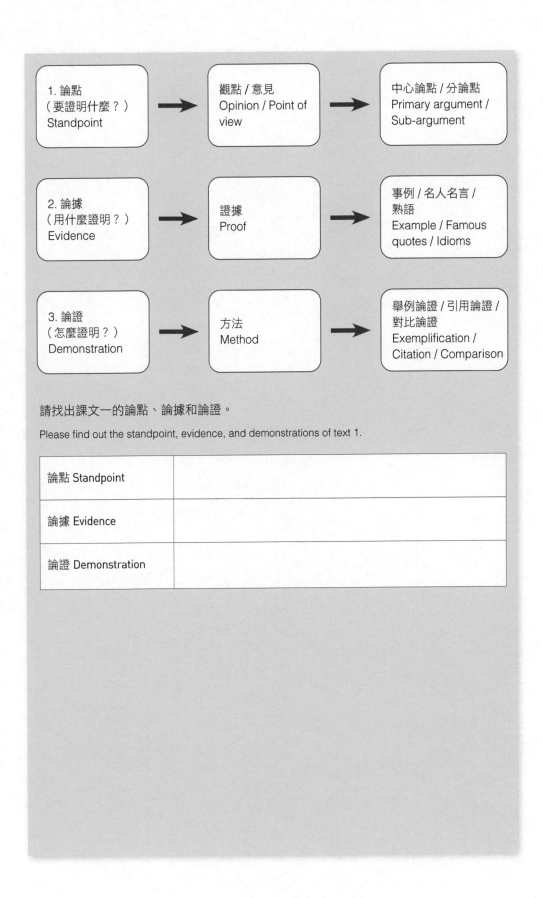

1. 論點 （要證明什麼？） Standpoint	→	觀點 / 意見 Opinion / Point of view	→	中心論點 / 分論點 Primary argument / Sub-argument
2. 論據 （用什麼證明？） Evidence	→	證據 Proof	→	事例 / 名人名言 / 熟語 Example / Famous quotes / Idioms
3. 論證 （怎麼證明？） Demonstration	→	方法 Method	→	舉例論證 / 引用論證 / 對比論證 Exemplification / Citation / Comparison

請找出課文一的論點、論據和論證。

Please find out the standpoint, evidence, and demonstrations of text 1.

論點 Standpoint	
論據 Evidence	
論證 Demonstration	

The world around us
同一個世界

Unit

3

Lesson 7 Famous places

風 景 名 勝

 導 入 Introduction

風景名勝是一個國家的名片，人文景觀記錄了當地人曾經艱苦奮鬥的歷史，蘊含著這個民族特有的精神價值和思維方式。保護風景名勝可以維護世界文化的多樣性和創造性。青少年應該了解風景名勝的歷史，參與到風景名勝區的保護中。

Famous places are the national name cards of a country. They carve out the history of the locals, and also illustrate their unique values and thinking modes. Therefore, preserving a famous place means to preserve the diversity and creativity of the cultures. Teenagers should have a deeper understanding of these places and take on the role of preserving of them.

學習目標 Learning Targets

閱讀 Reading

● 學習如何對文章進行細讀。
Learn how to peruse a passage.

口語 Speaking

● 學會如何描述景物。
Learn to describe a scenic place properly.

● 掌握如何為景點寫解說詞。
Learn to write introduction of a scenic place.

聽力 Listening

● 可以準確辨識數字。
Distinguish numbers accurately.

寫作 Writing

● 掌握前後照應式的寫作方法。
Learn the writing technique "coherence".

gù gōng
故 宮 the Forbidden City

lùn tán
論 壇 forum

yuán sù
元 素 element

róng rù
融 入 integrate into

wǎng hóng
網 紅 Internet celebrity

fěn sī
粉 絲 fan

yán sù
嚴 肅 serious

huáng dì
皇 帝 emperor

zhuī qiú
追 求 pursue

shí shàng
時 尚 fashion

bǎo chí
保 持 maintain

péng you quān
朋 友 圈 friend circle

gè xìng
個 性 personality

tuī chū
推 出 release

kǒu hóng
口 紅 lipstick

líng gǎn
靈 感 inspiration

gǔ diǎn
古 典 classical

jiàn zhù
建 築 architecture

kǒu wèi
口 味 taste

dú tè
獨 特 distinct

mèi lì
魅 力 charisma

lǜ zhōu
綠 洲 oasis

yuè dú
閱 讀 pageview

píng lùn
評 論 comment

zhuǎn zǎi
轉 載 forward

shōu cáng
收 藏 favorites

故宮論壇

600 歲的故宮

2020 年 11 月 5 日　17:48

說起故宮，你會想到什麼呢？現在的故宮，雖然 600 歲了，卻依舊年輕美麗。因為跟得上年輕人的腳步，將年輕人喜愛的元素融入到宣傳中，600 歲的故宮成為了網紅。故宮是如何變得越來越紅的？

首先，故宮通過豐富自身形象迎來了大批年輕粉絲。例如，故宮將嚴肅的皇帝用可愛的形象展現出來，成功吸引了追求時尚文化的年輕人。為了能夠保持可愛的形象，故宮還用現代網絡流行語，如《如果古代有手機》《一條發給古代的朋友圈》等，表達自己的個性，直接和年輕人進行溝通。

為了吸引年輕人的目光，故宮推出了口紅、睡衣、日曆等受年輕人歡迎的產品。這些產品的靈感來自中國古典文化，如建築、書法、繪畫等。故宮將中國傳統文化與流行文化相結合，打造出符合年輕人口味的產品，多方面展現了中國文化，這也讓 600 歲的故宮顯得更年輕了。

除此之外，故宮通過社交媒體和廣大年輕人直接交流，分享故宮美麗的風景、可愛的動物、有趣

的故事等等。這樣一來，故宮不但拉近了自己和年輕人之間的距離，也擁有了獨特的自然魅力與人文魅力。

故宮之所以會這麼受年輕人歡迎，主要是因為在歷史文化和年輕人喜歡的時尚文化之間找到了連接點。在現代科技的幫助下，故宮的宣傳更立體，更有趣。故宮是一座活著的文物之城，希望它不僅是一個知識的課堂，更能夠成為一片文化的綠洲。

希望在未來，年輕人也能將故宮完整地交給下一個 600 年！

閱讀（36） 評論（12） 轉載（9） 收藏（20）

語法重點 Key Points of Grammar

目的複句 Purposed complex sentence

目的複句中，一個分句表示目的，另一個分句表示為了達到目的而採取的行動。常用關聯詞語是 "為了"。

A complex sentence, in which one clause is used for demonstrating the purpose, and the other clause is used for the action in order to achieve the purpose, is called a purposed complex sentence. The common conjunction used is " 為了 (for / to)".

E.g.
- 為了保持可愛的形象，故宮還用現代網絡流行語表達自己的個性，直接和年輕人進行溝通。
  For maintaining the lively image, the Forbidden City applies the language of the Internet to express its characteristics, and communicate with the young.
- 為了吸引年輕人的目光，故宮推出了口紅、睡衣、日曆等受年輕人歡迎的產品。
  To attract the young, the palace has produced souvenirs like lipsticks, pyjamas, and calendars.

課文理解 Reading Comprehensions

① 600 歲的故宮為什麼依舊年輕？

② 故宮如何吸引追求時尚文化的年輕人？

③ 故宮推出的產品，靈感來自哪些中國古典文化？

④ 故宮如何拉近和年輕人之間的距離？

⑤ 故宮為什麼受年輕人的歡迎？

概念與拓展理解 Concepts and Further Understanding

① 故宮在做宣傳時，採用了哪些方法？
Which of the publicizing methods did the Forbidden City use?

② 如果是面向老年人，故宮的宣傳會不一樣嗎？
Will the publicizing methods be changed if the target is the old?

③ 為什麼故宮建築被記錄和保留了下來，而在故宮裏發生的歷史事件等其他方面卻消失了？
Why are the buildings of the Forbidden City recorded and preserved, while other things happened there, including history events, have disappeared?

④ 不同國家的高中歷史課程對故宮的介紹會是一樣的嗎？
Is the introduction of the Forbidden City the same in different countries?

⑤ 對故宮的包裝宣傳，是對歷史的不尊重嗎？
Do you think the promotion of the Forbidden City is a disrespect to history?

_____

語言練習 Language Exercises

把有錯別字的詞語圈出來，並將正確的詞語填寫在括號內。
Circle the wrongly written characters, and write the correct words in the brackets.

① 故宮　　嗝入　　靈感　　（　　　　　　）
② 倫壇　　元素　　網紅　　（　　　　　　）
③ 口味　　健築　　轉變　　（　　　　　　）
④ 皇帝　　追求　　嚴嘯　　（　　　　　　）
⑤ 時尚　　保寺　　推出　　（　　　　　　）
⑥ 古碘　　獨特　　朋友圈（　　　　　　）
⑦ 個性　　鬼力　　評論　　（　　　　　　）
⑧ 收藏　　口紅　　綠州　　（　　　　　　）

從括號裏選出合適的詞語填空。 **Fill in the blanks with the appropriate word in the brackets.**

⑨ 短短兩年，他已經完全_____了新加坡當地的生活。
（融入　　　加入　　　填入　　　添入）

⑩ _____人們傳統的觀念並不是一件容易的事。
（變化　　轉變　　轉化　　變遷）

⑪ 有一些青年人只_____金錢和享樂，這是不對的。
（追趕　　追求　　乞求　　求饒）

⑫ 我們要愛護自然環境，_____生態平衡。
（保守　　堅持　　保持　　持久）

⑬ 這家餐廳即將_____很多好吃的套餐，供學生們選擇。
（推擠　　推動　　推遲　　推出）

⑭ 平時要多_____各類書籍，這樣你的知識面才會變廣。
（朗讀　　閱歷　　讀書　　閱讀）

⑮ 在網絡上留言_____別人文章的時候，要注意文明用語。
（爭吵　　評論　　討好　　論文）

⑯ 當我們＿＿＿＿＿＿＿他人文章的時候，一定要注明出處。

（ 轉讓　　　下載　　　玩轉　　　轉載 ）

⑰ 爸爸＿＿＿＿＿＿＿了很多古董，每個都很珍貴。

（ 收發　　　收拾　　　收藏　　　收看 ）

請在下面句子適當的地方加"為了"，使句子變得更完整。

Complete the sentence with the word " 為了 " in suitable places.

⑱ 不吵醒別人，我悄悄地離開了。

＿＿＿＿＿＿＿＿＿＿＿＿＿＿＿＿＿＿＿＿＿＿＿＿＿

⑲ 我來中國讀書是想學好中文。

＿＿＿＿＿＿＿＿＿＿＿＿＿＿＿＿＿＿＿＿＿＿＿＿＿

⑳ 批評你是教育你，讓你知道錯在哪裏。

＿＿＿＿＿＿＿＿＿＿＿＿＿＿＿＿＿＿＿＿＿＿＿＿＿

🕐 課堂活動 Class Activities

故宮達人 Expert of the Forbidden City

分工合作，上網查看視頻《故宮》，用 PPT 向班級介紹故宮。下列問題可以作為參考。

Work in groups, watch the video *The Forbidden City* on the Internet, then make a powerpoint presentation to introduce the Forbidden City to the class. You may refer to the guiding questions below.

① 故宮為什麼叫紫禁城？

② 為什麼故宮是個神奇的動物園？

③ 故宮有哪些"中國色"？

④ 故宮裏為什麼有 308 個水缸？

⑤ 故宮裏最重要的宮殿是哪座？

⑥ 古代蓋房子都不需要用釘子，這是真的嗎？

⑦ 故宮有 9999 間半房間，皇帝為什麼需要這麼多個房間？

⑧ 服飾顏色有等級之分嗎？

⑨ 古代人是怎麼製造衣服的？

⑩ 古代人的衣著之美體現在哪裏？

第一部分 根據主題 "風景名勝"，做 2-3 分鐘的口頭表達。做口頭表達之前，先根據提示寫大綱。Make a 2-3 minutes oral presentation on the theme "famous places". Before you start, use the form below to make an outline.

大綱 Outline	內容 Content
觀點 Perspectives	
事例 Examples	
名人名言 Famous quotes / 熟語 Idioms	
經歷 Experiences	
總結 Summary	

第二部分 回答下面的問題。Answer the following questions.

① 你去過哪些風景名勝？可以介紹一個嗎？

② 參觀風景名勝時，你覺得有導遊和沒導遊有什麼區別？

③ 你為什麼要去參觀風景名勝？

④ 在網上看風景名勝和實地去看有什麼不同？

⑤ 如果有人破壞風景名勝，你會上前制止嗎？為什麼？

🏷 **Tips**

如 何 描 述 景 物 ？ How to describe a scenery?

在介紹景物或者風景名勝的時候，可以將自己放進所要描述的畫面中。用拍攝紀錄片的鏡頭語言進行描述，類似於先進行航拍，再拍近景。這種宏觀加微觀的描述方法會給人一種走進畫面的體驗，再加上自己的情感體驗，真實感就會大大提升。
When you introduce a scenery, imagine you are a part of it. Describe what you saw with the documentary language. It's like using a long shot and then zoom in. The interweaving of the macro and the micro world produces an effect of walking into the scene. If you put your emotional experiences on top of that, the authenticity will be significantly increased.

第一步：先描述大的景物，比如樹木，河流，草原，山峰等等。
Step 1: Describe large object, for example: tree, river, glassland, mountain, etc..

第二步：描述較小的景物，比如花朵上的蝴蝶，樹上的小鳥等等。
Step 2: Describe small object, for example: the butterfly on the flower, the bird on the tree, etc..

第三步：説明自己的感受。Step 3: Express your feeling.

táistring
台灣 Taiwan

tí gōng
提供 provide

jiǎng jiě
講解 explanation

xíng chéng
行程 schedule

xiǎng shòu
享受 enjoy

lǚ xíng
旅行 travel

rì yuè tán
日月潭 Sun Moon Lake

chéng qiān shàng wàn
成千上萬 thousands of

yóu kè
遊客 tourist

zhào cháng
照常 as usual

huī fù
恢復 recover

shǒu hù
守護 protect

yóu lái
由來 origin

tóu yǐng
投影 projection

lǒng zhào
籠罩 shroud

dí què
的確 certainly

shēn kè
深刻 profound

yìn xiàng
印象 impression

liàng jiě
諒解 understanding

各位朋友：

大家好！

我叫余文，是今天的導遊。歡迎來到台灣。在接下來的時間裏，我將為各位提供講解，我一定會盡力安排好行程，讓大家能享受這次旅行。

現在，我先給大家介紹一下台灣的著名景點——日月潭。為什麼日月潭每年能吸引成千上萬的遊客呢？傳說在很久以前，日月潭裏住著兩條龍。有一天早上，太陽照常從東邊升起來。突然，一條龍跳出來，將太陽吞進了肚子裏，躲進了水裏。到了晚上，月亮爬到空中，另一條龍也跳出來，將月亮吞進了肚子裏。就這樣，太陽和月亮再也沒有出現在天空中，人們整天生活在黑漆漆的夜裏。看不到太陽和月亮，人們不知道如何平平安安地生活下去。

這時候，有兩位青年男女，為了把太陽和月亮找回來，到處找那兩條龍。他們找了很久，終於找到了，還和龍打了起來，最後把那兩條龍打死了。可是，龍被殺死後，沒有人幫忙把太陽和月亮送到天空。怎麼辦呢？男的只好在白天的時候，吞下一條龍的心，變成龍，將太陽送到天空。到了夜晚，女的吞下另一條龍的心，變成龍，將月亮高高舉起，送上夜空。於是，白天和黑夜又恢復了。因為怕其他龍再來搶走太陽和月亮，這兩位青年決定把自己變成兩座大山，站在日月潭旁邊，永遠守護日月潭。這就是日月潭的由來。

關於日月潭的由來，還有另外一個說法。日月潭的中間有一座美麗的小島，小島把湖分成兩半，一邊圓圓的，像太陽，叫日潭。一邊彎彎的，像月亮，叫月潭。白天的日月潭在太陽的照射下，碧綠碧綠的。夜晚的日月潭，在月光的投影裏，所有的景物就像被籠罩在童話世界裏，輕飄飄的，非常美。

日月潭的由來到底是不是真的，並不重要，重要的是日月潭的景色的確很優美。大家現在一定很想去看看它真正的樣子，對嗎？別著急，再過十分鐘，我們就會看到美麗的日月潭了。

好！關於日月潭的介紹就到這裏，希望我的講解能給大家留下深刻的印象。如果講得不好，還請大家諒解！

🔍 語法重點 Key Points of Grammar

形容詞重疊　Repeated adjectives

形容詞重疊時，一般表示程度深，或包含喜愛的感情色彩，描寫作用很強。

When a repeated adjective is applied in a sentence, it usually expresses a great degree or an affection. It contains a strong descriptive effect.

形容詞重疊形式分為以下幾種：

There are several types of repeated adjectives:

① 單音節重疊 Single syllable：AA

E.g.
● 大大的眼睛、高高的個子 　 big eyes, tall stature

② 雙音節重疊 Double syllables：AABB

> **E.g.** ● 乾乾淨淨、白白胖胖、老老實實
>
> neat and clean, white and plump, frank and honest

③ 雙音節重疊 Double syllables：ABAB

> **E.g.** ● 雪白雪白、鮮紅鮮紅
>
> snow white, bright red

④ ABB

> **E.g.** ● 亮晶晶、綠油油、黑漆漆
>
> crystal bright, shiny green, pitch dark

課文理解 Reading Comprehensions

① 余文為遊客提供什麼服務？

② 為什麼傳說中的人們整天生活在黑夜裏？

③ 那兩位青年為什麼要把自己變成兩座山？

④ 夜晚的日月潭風景怎麼樣？

⑤ 導遊是在日月潭旁邊給遊客做解釋的嗎？從哪裏可以看出？

① 課文二的文體是什麼？ What is the text type of text 2?

② 課文二的寫作目的是什麼？ What is the writing purpose of text 2?

③ 導遊為什麼要介紹日月潭的傳説？ Why does the tour guide introduce the story of Sun Moon Lake?

④ 我們如何判斷是否可以信任導遊所講的關於景點的典故？
How can we know these stories from the tour guide are trustworthy?

⑤ 導遊在做景點介紹的時候，是否存在著個人的偏見和喜好？
Is there any personal perspective and prejudice when a tour guide is introducing a place?

語言練習 Language Exercises

把下面的詞語組成正確的詞組。Connect the corresponding words below to form a correct phrase.

① 提供　　　家園　　　② 恢復　　　諒解
　守護　　　深刻　　　　取得　　　正常
　印象　　　建議　　　　介紹　　　行程

從生詞表裏找出下列詞語的同義詞。

Find the synonyms of the following words in the vocabulary list.

③ 給予＿＿＿＿＿＿　④ 保護＿＿＿＿＿＿　⑤ 還原＿＿＿＿＿＿

從生詞表裏找出下列詞語的反義詞。

Find the antonyms of the following words in the vocabulary list.

⑥ 吃苦＿＿＿＿＿＿　⑦ 反常＿＿＿＿＿＿　⑧ 誤會＿＿＿＿＿＿

選擇正確的詞語填空。 Fill in the blanks with the right words.

> 講解　行程　享受　旅行　成千上萬　遊客　照常　由來　投影　深刻　印象

⑨ 新老師的一言一行，給我留下了深刻的＿＿＿＿＿＿＿＿。

⑩ 過春節時，我們全家坐飛機到台灣＿＿＿＿＿＿＿＿。

⑪ 旅遊季節，每天到故宮遊覽的人＿＿＿＿＿＿＿＿。

⑫ 下這麼大的雨，爺爺還是＿＿＿＿＿＿＿＿出去鍛煉身體。

⑬ 老師給我們講了中秋節風俗習慣的＿＿＿＿＿＿＿＿。

⑭ ＿＿＿＿＿＿＿＿是指將圖形的影子投到一個面上。

⑮ 許多寓言故事包含著＿＿＿＿＿＿＿＿的道理。

⑯ 這本小說讀起來一點兒也不枯燥，簡直是美的＿＿＿＿＿＿＿＿。

⑰ 導遊小姐帶領＿＿＿＿＿＿＿＿參觀故宮博物院。

⑱ 這次參觀的＿＿＿＿＿＿＿＿安排得很緊張，來不及仔細了解。

⑲ 經過老師耐心的＿＿＿＿＿＿＿＿，我終於明白如何寫好作文了。

根據提示，將下面的形容詞重疊，使句子更完整。

Complete the sentences with repeated adjectives that are based on the words in the brackets.

⑳ 她長得很漂亮，眼睛＿＿＿＿＿＿＿（大）的，頭髮＿＿＿＿＿＿＿（長）的。

㉑ 他的房間總是打掃得＿＿＿＿＿＿＿（乾淨）。

㉒ 從此以後，他們一家三口＿＿＿＿＿＿＿（快樂）地生活在一起了。

㉓ 冬天的河水＿＿＿＿＿＿＿（冰涼）的，真是冷極了。

㉔ 天上的星星＿＿＿＿＿＿＿（亮）的。

㉕ 這兩隻小狗＿＿＿＿＿＿＿（胖）的。

🕐 課堂活動 Class Activities

小導遊 Tour Guide

上網查找台灣日月潭的旅遊路線圖，分小組從不同方面簡要向大家介紹日月潭的風景。

Search for the route map of the Sun Moon Lake on the Internet. Work in groups, and present the scenery to your classmates briefly.

口語訓練 Speaking Tasks

第一部分 根據圖片，做 3-4 分鐘的口頭表達。做口頭表達之前，先根據提示寫大綱。

Make a 3-4 minutes oral presentation based on the picture. Before you start, use the form below to make an outline.

大綱 Outline	內容 Content
圖片內容 Information of the picture	
圖片主題 Theme of the picture	
提出觀點 Make your points	
延伸個人經歷 Relate to personal experiences	
名人名言 Famous quotes / 熟語 Idioms	
總結 Summary	

第二部分 回答下面的問題。Answer the following questions.

① 如果你是導遊，你會如何向遊客介紹新加坡的景點？

② 你曾經去過哪些國家？哪個國家給你留下的印象最深刻？

③ 有人說新加坡到處都是人造美景，不是很有意思，你覺得呢？

④ 去一個國家旅行，你最想體驗的是什麼？

⑤ 你最糟糕的旅遊經歷是什麼？可以分享一下嗎？

Tips

如何解說一個景點？
How to introduce a tourist spot?

導遊解說景點和自己描述景點是不一樣的，導遊除了要對某個景點進行介紹外，還要解說和這個景點相關的各種文化知識。通常可以這麼解說：

There are differences between a normal person and a tour guide when it comes to introducing a tourist spot. The cultural knowledge of the spot is also required for a tour guide. The general steps for an appropriate introduction are as below:

第一步：大致介紹景點。不需要詳細說明景色，因為遊客已經到達景點了。

Step 1: Introduce general information: you don't have to introduce the place in detail, because the tourists are already there.

第二步：介紹和景點相關的知識、傳說、歷史故事，以及受歡迎程度和名人來訪情況等。

Step 2: Introduce the relevant knowledge, legend, and story, as well as the popularity and celebrity visitors.

第三步：藉助舉例子、列數字等方法讓自己的解說更有說服力。

Step 3: Elaborate with examples and statistics to make the explanation more convincing.

閱讀訓練 Reading Tasks

文章 1 ┊ 建築與水

仔細閱讀下面的短文，然後回答問題。

Read the passage carefully and answer the following questions.

水是沒有形狀的，也沒有色彩，但是水的世界又具有無限的色彩。

水不但能激發人們的想象力，還能讓建築展現出動態美。熟悉中國傳統"風水"的人，更能理解在設計建築時為什麼要引入水的理念。

水是新加坡建築的主要元素之一。建築師利用不同形態的水，使建築更富於美感。

新加坡作為一個花園城市國家，對城市進行了全面的綠化。濱海灣花園就是其中一個項目，它擁有來自世界各地不同種類的植物和一條高達三十五米的人工瀑布，成功地吸引了成千上萬的遊客前來參觀。

在花園裏散步，一邊呼吸新鮮的空氣，一邊聽水流動的聲音，真的讓人心情愉快。遊客除了可以接觸瀑布外，還可以欣賞花園裏各式各樣的美景。將水融入到建築裏，體現了建築與水的完美結合，也展現了人和自然友好相處的關係。

此外，人們在利用水灌溉植物的同時，也可以用水來區分建築的內部與外部。例如，新加坡機場就成功地將流水引入建築，建成了世界第一高的室內瀑布。人造瀑布雖然沒有自然瀑布的雄偉和奔放，卻為遊客創造了平靜、放鬆的休閒空間。

除了瀑布，機場內還有許多以水為主題的小花園。到處是被水包圍的植物和鮮花，沒有人覺得這是在機場裏。這樣的設計，不僅讓人們欣賞到了美麗的水景，還起到了自然降溫的作用，為機場保持舒適的溫度。

　　建築與水的完美結合，不僅呈現出流動的美，也給來自世界各地的遊客帶來了不同的體驗。水作為一個流動的元素，給新加坡這個花園城市國家注入了新的活力。

根據以上短文，選擇四個正確的答案，在方格裏打勾（✓）。

Choose four correct answers by ticking（✓）in the boxes.

① A. 只有懂得中國風水的人，才懂為什麼將水和建築結合在一起設計。　□

　　B. 水可以讓建築變得更有美感。　□

　　C. 新加坡只有一個濱海灣花園。　□

　　D. 濱海灣花園的瀑布比三十五米還高。　□

　　E. 新加坡機場瀑布是世界上最高的室內瀑布。　□

　　F. 人造瀑布比自然瀑布更宏偉、壯觀。　□

　　G. 水既可以綠化機場，也可以讓機場保持涼爽的溫度。　□

　　H. 新加坡的機場到處是植物和水景。　□

根據短文填空。

Fill in the blanks based on the short passage.

例：水是<u>沒有</u> <u>形狀</u>和 <u>色彩</u>的。

　　（有　　色彩　　沒有　　形狀）

② 人們＿＿＿＿＿＿＿可以 ＿＿＿＿＿＿＿瀑布，而且可以 ＿＿＿＿＿＿＿美景。

　　（除了　　接觸　　不但　　欣賞）

③ 水 ＿＿＿＿＿＿＿植物 ＿＿＿＿＿＿＿鮮花 ＿＿＿＿＿＿＿了。

　　（被　　把　　和　　包圍）

④ 水可以＿＿＿＿＿＿＿ ＿＿＿＿＿＿＿機場的 ＿＿＿＿＿＿＿。

　　（幫助　　溫度　　舒適　　降低）

⑤ 世界各地的遊客＿＿＿＿＿＿＿了建築與水的＿＿＿＿＿＿ ＿＿＿＿＿＿。

　　（結合　　受到　　體驗　　完美）

如何對文章進行細讀？ How to peruse a passage?

細讀是一個字一個字、一行一行地閱讀，要求讀懂文章的每一個細節。讀者可以回頭重讀，也可以邊查看生詞邊理解句子。

Peruse is to read line-by-line and word-by-word, and understand every detail in the passage. Readers are allowed to read multiple times or read with dictionaries.

一邊讀一邊聽的跟讀方式，也是細讀的一種。漢語的文章呈現的是一個個字，詞與詞之間沒有間隔，閱讀的時候不容易分出來，而通過聽可以聽出語言的節奏和意群，這對進一步理解文章，培養語感大有好處。另外，當視覺渠道的信息通過聽覺渠道再一次重現時，印象會更深，無論詞彙還是語法都更容易記住。

Reading while listening is also one of the ways of peruse. The fundamental medium of Chinese passage are characters, and there is no gap between words. Therefore, it is illegible. However, through listening, you can hear the rhythm and sense group of the language, which is helpful to comprehend the passage and also cultivate your sense of language. On the other hand, the reproduction of visual information is beneficial to bear the image, lexicon, and grammar in mind.

文章 2 ┊ 香港的風景名勝

　　香港是非常受歡迎的國際旅遊城市，它擁有很多備受遊客喜愛的美食、購物中心和風景名勝。那麼您不能錯過的風景名勝有哪些呢？

　　1. 維多利亞港

　　維多利亞港的夜景是世界上三大最美夜景之一，建議晚上去那裏。每天晚上八點會有一場大型燈會，在重要的節日會有一場華麗的煙火表演。

　　2. 太平山

　　如果不去太平山走一走，你會後悔的。站在山頂往下看，你可以看到整個香港的風景。尤其是紅色纜車，值得去體驗體驗。如果你是晚上去那裏，一定要注意天氣和安全！

　　3. 金紫荊廣場

　　金紫荊廣場是香港的標誌性景點，沒有理由不去看一看。它具有重要的紀念意義，主要是為了紀念香港回歸中國而建造的。這裏周圍的環境很好，是觀賞景色的好地方。

4. 淺水灣

淺水灣被認為是世界上最好的海灣，是香港典型的海灘。它被山和水包圍著。水清清的，沙細細的，走在沙灘上讓人感覺很舒服。此外，這裏的水，冬天暖暖的，夏天涼涼的，是遊客必去的景點之一。

5. 旺角

旺角是香港最受遊客喜歡的地方，你一定要來這裏品嚐一下各種各樣的美食。許多商店二十四小時營業，所以你玩到很晚也沒問題。

6. 蘭桂坊

喜歡酒吧的朋友，都會選擇到蘭桂坊。這裏的酒吧很出名，也很有特色，它們大多會從中午營業到凌晨一點。一到晚上，許多年輕人就會到這裏的舞廳跳舞，為小街增添了另一種獨特的氣氛。至今，蘭桂坊已由一條小巷發展成一個具有西方文化特色的地區。

根據文章 2，選出最適合左邊地點的描述。把答案寫在橫線上。

According to passage 2, choose the corresponding description of the places on the left side.

關於香港的風景名勝

① 維多利亞港 _____
② 太平山 _____
③ 金紫荊廣場 _____
④ 淺水灣 _____
⑤ 旺角 _____
⑥ 蘭桂坊 _____

A. 那裏的海水冬暖夏涼
B. 是具有紀念意義的地方
C. 具有西方文化特色
D. 若晚上去要注意天氣
E. 常年水溫都是暖暖的
F. 酒吧二十四小時營業
G. 可以試坐紅色巴士
H. 在重要節日會有煙火表演
I. 那裏可以品嚐到不同的美食

根據文章 2，填寫下面的表格。Complete the boxes according to passage 2.

在句子裏	這個字／詞	指的是
⑦ 香港是非常受歡迎的國際旅遊城市，它擁有很多備受遊客……	"它"	
⑧ 如果你是晚上去那裏……	"那裏"	
⑨ 它們大多會從中午營業到凌晨一點……	"它們"	

選出正確的答案。Choose the correct answer.

⑩ 這是＿＿＿＿。

    A. 一篇日記   B. 一張宣傳單   C. 一封書信   D. 一篇訪談稿

聽力訓練 Listening Tasks

一、《長城守護人》 27

你將聽到一段對長城守護人林景飛的採訪。請聽下面的採訪，你將聽到兩遍，在唯一正確的方格內打勾（✔）回答問題。

You will hear an interview of the guardian of the Great Wall of China, Lin Jingfei. The clip will be played twice. You should answer the questions by ticking（✔）the correct box.

請先閱讀一下問題。Please read the questions first.

① 林景飛守護長城多長時間了？

    A. 十九年   ☐

    B. 七十八年   ☐

    C. 四十四年   ☐

② 林景飛上大學時最後選擇了什麼專業？

    A. 考古   ☐

    B. 醫學   ☐

    C. 歷史   ☐

③ 長城的總長度有多少公里？

    A. 少於 2100 公里   ☐

    B. 超過 12000 多公里   ☐

    C. 21000 多公里   ☐

④ 林景飛認為關注長城保護_____。

    A. 才會珍愛和平 ☐

    B. 有助於了解傳統文化 ☐

    C. 才會明白長城是建築奇跡 ☐

⑤ 林景飛只要_____就覺得心裏踏實。

    A. 看到城牆 ☐

    B. 和長城説話 ☐

    C. 摸一摸長城的磚 ☐

⑤ 林景飛覺得守護長城最大的收穫是_____。

    A. 能自我解放 ☐

    B. 被長城精神所感動 ☐

    C. 自己變得更堅強了 ☐

⑦ 讓林景飛最心痛的事是什麼？

    A. 遊客在石頭上刻字 ☐

    B. 遊客亂扔垃圾 ☐

    C. 長城上的石頭靠人搬上山頂 ☐

⑧ 林景飛最期待什麼？

    A. 兒子和孫子能繼續守護長城 ☐

    B. 旅遊開發，讓老百姓過上好日子 ☐

    C. 長城能變成國家的驕傲 ☐

二、《風景名勝現狀》

你即將聽到第二個聽力片段，在聽力片段二播放之前，你將有四分鐘的時間先閱讀題目。聽力片段將播放兩次，聽力片段結束後，你將有兩分鐘的時間來檢查你的答案。請用中文回答問題。

You will heat the second audio clip. You have 4 minutes to read the questions before it starts. The clip will be played twice, after it ends, 2 minutes will be given to check the answers. Please answer the questions in Chinese.

根據第二個聽力片段的內容，回答問題 ①-⑩。

According to the second audio clip, answer the questions①-⑩.

Tips

如何輕鬆聽出數字？
How to recognize numbers in an audio?

我們每天生活在數字的世界裏，如人口數量、價格、速度、時刻、日期、溫度、電話號碼、比例等。數字與計算在聽力中佔一定的比重，平時就要保持對中文數字的敏感度。要聽懂"個十百千萬億"的表達，最基本的是零的算法：

We are living in a world of numbers and everything is with numbers: population and price, speed, time, date, temperature, phone number and scale. Numbers and calculating also play an important role in listening, so sensitivity on Chinese numbers is essential in listening. To understand" 個十百千萬億 ", the fundamental knowledge that you have to learn is the counting of " 零 (zero)".

十：一個零 (0)

一百：兩個零 (00)

一千：三個零 (000)

一萬：四個零 (0000)

一百萬：一百 + 四個零 (1,000,000)

十 (shí): one "零" (0)

一百 (yìbǎi): two "零" (00)

一千 (yìqiān)：three "零" (000)

一萬 (yíwàn)：four "零" (0000)

一百萬 (yìbǎi wàn)：one hundred + four "零" (1,000,000)

例如第 3 題，一聽到兩萬，就在 2 後面先數出四個零，再加上一千（三個零），正確答案就是 21000。

Let take the question 3 for example, when you hear the word " 兩萬 ", you should count four " 零 " after 2, then you plus 一千 (three " 零 "), you will get the correct answer: 21000.

填空題，每個空格最多填三個詞語。 Fill in the blanks, three words for each blank at maximum.

觀眾朋友們好，歡迎收看每週六的《我來說一句》，今天我們要【–1–】的是風景名勝。每年五一勞動節和國慶節，老百姓都會到風景名勝去【–2–】。據統計，全國各地的景區在這兩個節假日就迎來【–3–】。看到【–4–】的增加，人們更是【–5–】對風景名勝的開發，這對風景名勝到底是利是弊呢？我們來採訪一些遊客。

① [–1–]＿＿＿＿＿＿＿＿＿＿＿＿＿＿＿＿＿＿＿＿＿＿＿＿＿

② [–2–]＿＿＿＿＿＿＿＿＿＿＿＿＿＿＿＿＿＿＿＿＿＿＿＿＿

③ [–3–]＿＿＿＿＿＿＿＿＿＿＿＿＿＿＿＿＿＿＿＿＿＿＿＿＿

④ [–4–]＿＿＿＿＿＿＿＿＿＿＿＿＿＿＿＿＿＿＿＿＿＿＿＿＿

⑤ [–5–]＿＿＿＿＿＿＿＿＿＿＿＿＿＿＿＿＿＿＿＿＿＿＿＿＿

請在正確的選項裏打勾（✓）。 Tick (✓) in the correct choices.

這是誰的觀點？	遊客 1	遊客 2	遊客 3	遊客 4
⑥ 開發風景名勝可以帶來生機和活力。	＿＿	＿＿	＿＿	＿＿
⑦ 要阻止在景區建酒店。	＿＿	＿＿	＿＿	＿＿
⑧ 人造景點破壞了美感，造成污染。	＿＿	＿＿	＿＿	＿＿
⑨ 遊客的不文明行為會破壞植物的生長環境。	＿＿	＿＿	＿＿	＿＿

回答下面的問題。 Answer the following questions.

⑩ 寫出遊客對保護風景名勝的建議，至少兩點。

   a. ＿＿＿＿＿＿＿＿＿＿＿＿＿＿＿＿＿＿＿＿＿＿＿＿＿＿＿＿

   b. ＿＿＿＿＿＿＿＿＿＿＿＿＿＿＿＿＿＿＿＿＿＿＿＿＿＿＿＿

寫作訓練：論壇 Writing Tasks: Forum

熱身

● **根據課文一，討論在線論壇的格式是什麼。** According to text 1, discuss the format of online forums.

Tips

文體：論壇
Text type: Forum

在一個社交媒體上，網民可以在論壇裏就某一個主題展開議論、發表看法。

On social media, Internet users can give their opinions on a topic.

XXX 論壇

主題：XXXXXX

日期：X 年 X 月 X 日　X：X

開頭：發帖的目的

正文：展開主題 + 感受和看法

結尾：期待或引起討論

閱讀（X）　　　評論（X）　　　轉載（X）　　　收藏（X）

練習一

四川野生動物園決定在園內建造一個酒店，方便遊客在景區裏近距離觀看熊貓的生活情況，請在線上論壇上發表你對這個決定的看法。

以下是一些別人的觀點，你可以參考，也可以提出自己的意見。但必須明確表示傾向。字數：250-300 個漢字。

> 觀看熊貓成長有助於從小培養小朋友對熊貓的熱愛，也有助於培養親子關係。

> 這種做法會破壞野生動物生活環境。

假期期間，老師帶大家去參觀了中國的一個風景名勝。在這七天的旅行中，你看到很多不文明的行為，請在線上論壇上發表你對這些不文明行為的看法，並對如何保護風景名勝發表你的看法。字數：300－480 個漢字。

Tips

前後照應法　Coherence

照應是指文章前後內容之間的關係和呼應，也就是說，前邊提到的事情或人物，後邊也要有所交代，後面要寫的問題，前面應有所提及，這樣才能保證文章內容前後緊密連接，文章結構層次分明。這種寫作手法也叫首尾呼應。

The writing method "coherence" means there are connections between the beginning and the end of an article. In other words, the subjects or questions mentioned in the previous paragraph need to clarify at the end. In this way, the content can be cohered together in a structure.

例如課文一前面提到問題 "故宮是如何變得越來越紅的？"，中間的段落就從 "形象改變、設計年輕人喜歡的產品、社交媒體" 等三個方面圍繞 "為什麼" 解釋說明，然後在最後一段總結回答 "之所以這麼受歡迎，主要是……"。

For instance, the question "How the Forbidden City gets more popular?" in text 1 has the answer "image changing, design young-oriented products and social media", which is in the middle paragraphs. At last, the text sums up with the answer of the question "it is popular mainly because of…".

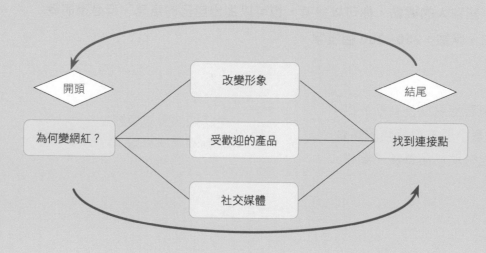

Lesson
8

Travel
旅 行

 導 入 Introduction

現代人生活節奏快，整天忙著工作和學習，很少有時間放鬆自己疲憊的身心。旅行就是一個讓我們可以放鬆的好機會。旅行可以增長見識，放鬆心情，陶冶情操。選擇到風景美麗的地方旅行，不但可以開闊眼界，而且可以體驗不一樣的生活和風俗習慣。

We are living in a fast-paced world. Being oppressed by work and study, there is seldom a chance to relax. Therefore, traveling is an opportunity for us to take a rest. On top of that, it also expands our knowledge, refreshes our mind, and moulds our temperament. Traveling to a beautiful place can not only broaden our horizons, but also bring us into unique lifestyles and traditions.

學習目標 Learning Targets

閱讀 Reading

- 掌握通讀法。
  Master the reading method "read through".

口語 Speaking

- 學會介紹旅行經歷。
  Learn to introduce a travel experience.

- 學會說明景物的基本特點。
  Learn to describe the characteristics of a scenery.

聽力 Listening

- 學會抓住關鍵詞，聽懂隱含意思。
  Learn to identify the keyword and catch the implied meaning.

寫作 Writing

- 掌握"總分總"的寫作方法。
  Learn the writing structure "introduction-elaboration-conclusion".

shè jì
設計 design

zì yóu zì zài
自由自在 free

shǒu dū
首都 capital city

guān guāng
觀光 sightseeing

tái jiē
台階 stair

sú huà shuō
俗話說
as the saying goes

zhuàng guān
壯觀 spectacular

tè chǎn
特產 specialty

zá jì
雜技 acrobatics

yì shù
藝術 art

tǐ cāo
體操 gymnastics

tiào shuǐ
跳水 diving

huá lì
華麗 gorgeous

jīng tàn
驚歎 astonishing

jīng cǎi
精彩 amazing

dà kāi yǎn jiè
大開眼界 eye-opener

shōu huò
收穫 gain

liú yán
留言 comment

1 課文 北京自助遊 🎧

自助遊博客

http://www.zizhuyou.blog.com

2021 年 6 月 6 日　　星期日　　17:48

北京自助遊

　　自助遊是指一種自己設計和安排行程的旅行方式,自由自在,也充滿挑戰。

　　北京是中國的首都,距今已經有三千多年的歷史。北京位於中國的北方,是全國的文化、交通和旅遊中心,總面積有一萬六千四百平方公里。無論什麼時候去觀光旅遊,北京都很迷人,因此,我決定要去北京看看。

　　第一天,爬長城,感受長城的雄偉壯觀。俗話說,"不到長城非好漢。"長城的台階很高,越往上爬,人越累。不過,我還是咬著牙堅持爬到了最頂端。從最頂端往下看,感覺長城就像一條巨龍,特別壯觀。

　　第二天,逛胡同,感受當地的居民生活,體會在老北京生活的樂趣。街道兩旁很有特色,不管是北京特產、禮品

店，還是老北京建築，都很適合拍照留念。我還試著說中文，成功地買到了自己喜歡的東西，真是太高興了！這讓我以後講中文更有自信了。

第三天，看雜技，了解北京的文化藝術。為什麼呢？大家都說，到北京一定要做的三件事是爬長城、逛胡同、看雜技。雜技藝術在中國已經有兩千多年的歷史了。你會發現，現代體育項目中，如體操、跳水，很多動作都與雜技十分相似。比起傳統雜技，現代雜技在科技的幫助下更華麗，更讓人驚歎，真正體現了"台上一分鐘，台下十年功"的精彩。

總的來說，這次自助遊不但讓我大開眼界，還讓我認識了很多朋友。由於沒有父母的陪伴，很多事必須要我自己處理。所以，我也學會了獨立。除此之外，我還學會了用心去體會周圍的一切，遇見不同的人，感受不同的文化，我認為這是最寶貴的收穫。

大家對此有什麼不同的看法嗎？請給我留言。

閱讀（79）評論（20）轉載（5）收藏（15）

🔍 語法重點 Key Points of Grammar

方位名詞　Words of location

方位詞是名詞的一種，就是表示方向和位置的詞。常用的方位詞有：

Word of location is a type of noun, which used to indicate direction and position. The major words of location are:

① 上、下、左、右、前、後、中、東、西、南、北、裏、外、內、旁

up, down, left, right, front, back, middle, east, west, south, north, inside, outside, interior, side

② 上面、下面、左面、右面、前面、後面、當中、裏邊、外邊、底下、東北、西北、東南、西南

up, down, left side, right side, front, back, amidst, inside, outside, beneath, northeast, northwest, southeast, southwest

在漢語中，方位順序的表達一般是：從上到下，從左到右，從內到外，從前到後，從遠到近，從中間到四周。

The typical expression orders of direction are: from left to right, from inside to outside, from front to back, from far to near, from middle to the four corners.

📖 課文理解 Reading Comprehensions

① 自助遊的特點是什麼？

② 為什麼我決定在北京自助遊？

③ 我為什麼要堅持爬到長城頂端？

④ 北京胡同有哪些特色？

⑤ 我最寶貴的收穫是什麼？

概念與拓展理解 Concepts and Further Understanding

① 課文一的文體是什麼？ What is the text type of text 1?

② 課文一的寫作目的是什麼？ What is the writing purpose of text 1?

③ 作者是如何達到他的寫作目的的？
How does the author achieve the writing purpose?

④ 課文一是用第幾人稱寫的？可以用其他人稱嗎？
Which type of narrator does text 1 apply? Is it possible to change?

⑤ 課文一為什麼請讀者留言？
Why does the readers are welcomed to leave comments?

語言練習 Language Exercises

把有錯別字的詞語圈出來，並將正確的詞語填寫在括號內。
Circle the wrongly written characters and write the correct words in the brackets.

① 藝木　華麗　跳水　　（　　　　　）
② 觀光　壯觀　台介　　（　　　　　）
③ 雜枝　體操　首都　　（　　　　　）
④ 建築　精採　留言　　（　　　　　）
⑤ 體澡　眼界　俗話説　（　　　　　）
⑥ 留念　相似　侍產　　（　　　　　）
⑦ 驚歎　收穫　眺水　　（　　　　　）

選出能替換句子中畫線部分的詞語，然後重寫句子。

Rewrite the underlined part with the words provided.

自由自在　首都　觀光　俗話說　旅遊　驚歎　華麗　大開眼界　收穫　留言

⑧ 請把在學校<u>學到的知識</u>好好總結一下。

_____

⑨ 他竟然考上了北京大學，每個人對他的進步都感到<u>吃驚</u>。

_____

⑩ 媽媽在微信上給我<u>留下一段話</u>，讓我好好照顧好自己的身體。

_____

⑪ 這次到廈門旅行，真是讓我<u>開闊了視野，增長了見識</u>。

_____

⑫ 這件禮服真是<u>漂亮，穿上顯得很有光彩</u>。

_____

⑬ 每個假期，她都要和家人到外地<u>走走看看、娛樂身心</u>。

_____

⑭ 我還是不要回原來的公司，<u>古人說得有道理</u>，好馬不吃回頭草。

_____

⑮ 今年我們打算到西藏<u>欣賞大自然風光</u>。

_____

⑯ 還是回家好，<u>沒有什麼約束</u>，住別人家太麻煩了。

_____

⑰ 北京是中國的<u>最高政權機關所在地</u>，是全國的政治中心。

_____

請在左邊的方框畫出你房間的佈局和物品擺設，在右邊的方框用方位詞描述你的房間。

Please use the boxes on the left side to draw your room layouts, then describe your room with the words of direction in the boxes on the right side.

⑱ 你的房間	用方位詞描述你的房間
	例：書包在椅子上面。

🕐 課堂活動 Class Activities

傳話遊戲 Telephone Game

學生分為四組，每組站成一排。每組的第一個學生將拿到一張北京景點照片，用 2 分鐘的時間，仔細觀察照片，思考如何描述，要求至少說 5 句話。每組的第一個學生交回照片，向第二個學生描述照片。第二個學生仔細聽，向第三個學生描述。以此類推。每組最後一個學生上台向全班同學描述自己組的照片。描述最準確的組獲勝。

Split up student in four groups, and each group stands in a row. The first student in each group will get a picture of Beijing. The student will examine it carefully within two minutes, then describe it at least with five sentences. After the first student hands over the picture, describe it to the second student, then the listener describes it to the third and so on. The last student in each group will present on the stage, the group with the most accurate descriptions wins.

第一部分 根據主題 "旅行"，做 2–3 分鐘的口頭表達。做口頭表達之前，先根據提示寫大綱。

Make a 2-3 minutes oral presentation on the theme "traveling". Before you start, use the form below to make an outline.

大綱 Outline	內容 Content
觀點 Perspectives	
事例 Examples	
名人名言 Famous quotes / 熟語 Idioms	
經歷 Experiences	
總結 Summary	

第二部分 回答下面的問題。Answer the following questions.

① 你去過中國旅行嗎？

② 談談你去中國或其他地方的旅行經歷。

③ 你會和你的父母一起出國旅行嗎？為什麼？

④ 你覺得旅行重要嗎？

⑤ 旅行可能產生什麼不好的影響？

親愛的小美：

你好！高中畢業後好久不見！收到你的來信，得知你要來台灣觀光，我很高興。

台灣是一個寶島，有很多好玩的地方。這裏的建築、風俗文化別具特色，而且動植物品種繁多，非常值得來一趟。旅遊分兩種，一種是走馬觀花，一種是深度體驗。你讓我建議的話，我會建議你選深度體驗，比如參加生態旅遊。生態旅遊是觀賞動植物生長狀態的一種旅遊方式，讓遊客體驗獨特的自然與文化。

來到台灣，你會發現這裏的人們提倡慢生活，大家在週末都會選擇回歸自然。這裏正在推廣"生態文化"，鼓勵大家去鄉村爬一回高山，摘一次水果或者野餐一次，親近大自然。

自然生態旅遊在台灣很受大家歡迎，人們看山、看水、看生物，這不僅可以放鬆身心，而且可以了解保護生態的重要性。我自己就去了三回。所以，我建議你參加台北生態旅遊。他們的生態旅遊活動很豐富，也很有特色。比如他們每天會舉辦植物音樂會、生態拼拼樂、戲劇表演、講故事、說相聲等活動。這些都讓大朋友和小朋友很驚訝，生態旅遊原來可以這麼有趣。

生詞短語

fēng sú 風俗	tradition
pǐn zhǒng 品種	variety
fán duō 繁多	various
zǒu mǎ guān huā 走馬觀花	give a hurried and cursory glance
shēng tài 生態	ecology
guān shǎng 觀賞	watch
zhuàng tài 狀態	status
tí chàng 提倡	advocate
gǔ lì 鼓勵	encourage
xiāng cūn 鄉村	country
xì jù 戲劇	drama
xiàng sheng 相聲	crosstalk
shēng wù 生物	creature
huán bǎo 環保	environmental protection
chōng zú 充足	plenty of
xué yè 學業	study

人們通過旅行可以了解生物在自然環境下的生存和發展狀態，從而明白人類保護生態環境的重要性。我要提醒你一下，為了環保，景區通常不售賣瓶裝水，你要自己準備充足的水。另外，由於生態旅行需要長時間步行，所以你最好穿運動鞋。希望生態旅遊可以幫助你更好地了解台灣。

　　好了，以上就是我的建議。如果還有其他什麼需要，你再給我寫信吧。

　　祝

學業進步！

沈康中

2021 年 5 月 1 日

🔍 語法重點 Key Points of Grammar

動量詞　Verbal classifier

表示動作次數時需要使用量詞，不同的動作搭配的量詞有所不同。

Verbal classifier is the classifier used for the times of action, we apply different classifiers in different types of action.

> **E.g.**　● 次、回、遍、趟、頓、陣、場、下
> 　　常用搭配如下：去一趟、去幾回、吃一頓、摘一次、爬一下、看一遍
> 　　The common matches are: go for once, go for several times, eat a meal, pick once, climb once, read once.

📖 課文理解 Reading Comprehensions

① 小美和沈康中是什麼關係？從哪裏可以看出來？

② 為什麼台灣值得小美去看一看？

③ 什麼叫生態旅遊？

④ 為什麼自然生態旅遊在台灣很受歡迎？

⑤ 參加生態旅遊要注意什麼？

概念與拓展理解 Concepts and Further Understanding

① 課文二是什麼文體？
What is the text type of text 2?

② 課文二的寫作對象是誰？
Who is the target audience of text 2?

③ 生態旅遊中舉辦的活動如戲劇表演、音樂會等，真的能讓人們認識到保護環境的重要性嗎？
Will the activities like theatre performances and concerts make people realize the importance of environmental protection?

④ 如果讓你來組織生態旅遊，你會如何組織活動？
What activities can you arrange if you are an organizer of the ecotourism?

⑤ 你會因為沈康中的建議去台灣參加生態旅遊活動嗎？
Will you take the advice of Shen Kangzhong and participate in the ecotourism activities of Taiwan?

選擇適當的詞語，填寫在橫線上。 Choose the appropriate words and put them on the lines.

① 端午節吃粽子、賽龍舟的＿＿＿＿＿＿（風情、風氣、風俗、風光）很早就有了。

② 現在中秋節的花燈用燈泡取代了蠟燭，這樣更加安全，更加＿＿＿＿＿＿（環境、環保、光環、花環）。

③ 大部分的工人都得了流感，工廠已陷入停工＿＿＿＿＿＿（形狀、狀態、症狀、告狀）。

④ 由於人類對動物的大量捕殺和＿＿＿＿＿＿（生活、生態、狀態、形態）環境的惡化，很多生物都快消失了。

⑤ 現在中文越來越重要了，我們應該＿＿＿＿＿＿（提醒、提前、提問、提倡）説中文。

⑥ 黃果樹瀑布風景優美，吸引了很多人前來＿＿＿＿＿＿（觀眾、觀察、觀測、觀賞）。

選擇正確的詞語填空。 Fill in the blanks with the right words.

> 生物　　充足　　鄉村　　戲劇　　相聲　　學業

⑦ 植物生長需要＿＿＿＿＿＿的陽光、水分和空氣。

⑧ 經過老師的再三勸説，我決定先完成＿＿＿＿＿＿再去找工作。

⑨ 那段＿＿＿＿＿＿真是太有趣了，聽得我忍不住哈哈大笑。

⑩ ＿＿＿＿＿＿通常能反映出一個時代的社會生活與思想。

⑪ 住在城裏的人總是想去＿＿＿＿＿＿體驗生活，放鬆心情。

⑫ 海底世界的＿＿＿＿＿＿多種多樣，吸引很多人去觀賞。

填入正確的動量詞。 Fill in the blanks with the correct verbal classifiers.

⑬ 這件事他問過我一＿＿＿＿＿＿，我沒告訴他。

⑭ 這是怎麼一＿＿＿＿＿＿事？

⑮ 在本＿＿＿＿＿＿比賽中，多多取得了第一名的好成績。

⑯ 這道題我已經做了好幾＿＿＿＿＿＿，我不想再做了。

⑰ 小偷被抓住了，大家狠狠地教訓了他一＿＿＿＿＿＿。

⑱ 凱紅總是不來上學，老師去他家三＿＿＿＿＿＿了，家裏都沒人。

⑲ 聽到小松中文滿分的消息，我心裏羨慕了一＿＿＿＿＿＿。

課堂活動 Class Activities

記憶大比拚 Memory Test

全班分成四個小組，在兩分鐘內記下和課文二相關的十個單詞 / 句子，然後每個小組有一分鐘時間寫出記住的單詞 / 句子。小組討論後，整合出最完整的內容。寫得最多的小組獲勝。

The whole class splits up in four groups, and each group has two minutes to memorize 10 words/sentences in text 2 and write them down within a minute. After discussion, the group with the most complete content wins.

口語訓練 Speaking Tasks

 第一部分　根據圖片，做 3–4 分鐘的口頭表達。做口頭表達之前，先根據提示寫大綱。

Make a 3-4 minutes oral presentation based on the picture. Before you start, use the form below to make an outline.

大綱 Outline	內容 Content
圖片內容 Information of the picture	
圖片主題 Theme of the picture	
提出觀點 Make your points	
延伸個人經歷 Relate to personal experiences	
名人名言 Famous quotes / 熟語 Idioms	
總結 Summary	

回答下面的問題。**Answer the following questions.**

① 有人認為生態旅遊更適合老年人，你怎麼看？

② 你是否參加過生態旅遊？請介紹一下你的經歷。

③ 去迪斯尼樂園玩和去果園摘水果，你更喜歡哪一種？

④ 除了圖片介紹的生態旅遊，你還了解哪些生態旅遊方式？

⑤ 你會如何鼓勵大家多參加生態旅遊？

🏷 **Tips**

如何具體說明景物的基本特點？How to describe the characteristics of a view?

在講旅遊時，有時候會提到具體的景物、事物。在描述具體景物、事物時可以從形狀、聲音、顏色、氣味等方面進行。

When you are talking about traveling, specific views and objects are required. You can introduce them from shape, sound, color, and smell.

例如，在描寫摘草莓的經歷時，可以具體說明草莓的特點，包括形狀、顏色，以及味道如何。這樣會讓你的口頭表達更加真實感人。

For example, you need to depict your experiences of picking strawberries: you can specifically illustrate the shape, color, and flavor of the strawberries. Your oral expression can be more persuasive in this way.

👤 技 能 訓 練　Skill Tasks

📖 閱讀訓練 Reading Tasks

> 文章 1 ┊ 休閒旅遊吧

仔細閱讀下面的短文，然後回答問題。

Read the passage carefully and answer the following questions.

　　休閒旅遊就是在旅遊的同時，讓身心都得到放鬆。整天忙著工作和學習的你，是否應該放下一切，離開城市，到大自然去旅行呢？請大家在休閒旅遊吧裏，和我們一起分享你的經歷吧。

A. 廈門是很多遊客喜歡去的地方。你可以去廈門騎自行車，欣賞海景；到中國最美的大學之一——廈門大學拍照，體會校園的安靜；去中山路一條街走走，感受文藝青年的生活；到鼓浪嶼體驗休閒時光，放慢生活腳步，給自己一個美好的假期。

B. 三亞在中國的南方，是中國空氣最清新的城市之一。這裏有美麗的風景、又細又白的沙子，還有一眼看不到邊的藍色大海。到了冬天，大家都會選擇來這裏旅遊。因為這裏的天氣很好，適合家庭來遊玩。人們可以在沙灘上散步，在海邊玩水，在樹林裏面呼吸新鮮的空氣，觀賞自然美景。如果到這裏旅遊，我建議大家不要選擇節假日，因為這時候不但人特別多，酒店還很貴。

C. 如果你平時工作很努力，到了週末就應該放鬆放鬆，到外面走一走，看一看。比如，找個有山有水的地方，散散心，划划船。我認為最能讓人放鬆的地方是蘇州的古鎮。那裏不但有豐富的美食，還有傳統的建築，讓你不虛此行。

D. 如果你不喜歡城市緊張的生活，可以選擇去大自然放鬆一下。我特別建議大家去貴州觀看黃果樹瀑布，親自感受大自然的壯觀，以及瀑布帶給人的震撼。遠遠地，你就可以聽到很大的流水聲。最讓人高興的是遊客竟然可以進入瀑布，用手去觸摸流水，感受大自然的神奇和偉大。

根據以上短文，選擇正確的答案。在方格裏打勾（✓）。

Tick（✓）the correct boxes according to the passage above.

① 哪個地方有傳統的建築？

A. ☐　　　B. ☐　　　C. ☐　　　D. ☐

通讀法 Read Through

通讀法是指對文章進行從頭到尾連貫閱讀的方法。通讀一般要求先看文章標題，然後通讀全文，抓住每段的主要段落大意。閱讀完整篇文章後，將每個段落大意連接起來，就是這篇文章的主題。

Read through indicates the reading method that reads the whole text from the beginning to the end. On the whole, this method requires you to understand the title, and then the whole text. After you finish it, try to connect the ideas of each paragraph, and you will have the theme of this passage.

一、看文章標題。標題是一篇文章的靈魂，一般我們看到標題，就能明白這篇文章寫的是什麼，也能對文章的大意有一個基本的了解。

Read the title. A title is the soul of a passage. Generally speaking, when we see a title, we can get the whole picture of this passage, or at least a glance at the ideas of it.

二、通讀全文。看完題目，接下來就是要通讀一遍。讀的過程中，一定要注意文章的第一段，因為這可能是這篇短文的重要內容的總結。還要注意每段的第一句話，一般也是每段的總結。這樣一遍讀下來，每段的段意和短文的大意基本上就應該明白了。

Read through the text. After reading the title, you should read the text thoroughly. In the process, you have to pay extra attention to the first paragraph, since it may have the conclusion of the crucial content of the text. Moreover, we need to focus on the first sentence in each paragraph, because they have the great chances to be topic sentences. If you read it in this way, there is a considerable possibility that you have understood the theme and the ideas of each paragraph.

② 哪個地方可以邊騎車邊看海景？

　A. ☐　　　B. ☐　　　C. ☐　　　D. ☐

③ 哪個地方可以呼吸最清新的空氣？

　A. ☐　　　B. ☐　　　C. ☐　　　D. ☐

④ 哪個地方可以讓人感到很震撼？

　A. ☐　　　B. ☐　　　C. ☐　　　D. ☐

⑤ 哪個地方可以體驗文藝生活？

　A. ☐　　　B. ☐　　　C. ☐　　　D. ☐

⑥ 哪個地方可以感受大自然的神奇？

　A. ☐　　　B. ☐　　　C. ☐　　　D. ☐

⑦ 哪個地方可以享受美食？

　A. ☐　　　B. ☐　　　C. ☐　　　D. ☐

⑧ 哪個地方有中國最美的大學？

　A. ☐　　　B. ☐　　　C. ☐　　　D. ☐

⑨ 哪個地方節假日時酒店很貴？

　A. ☐　　　B. ☐　　　C. ☐　　　D. ☐

⑩ 哪個地方冬天的氣候很好？

　A. ☐　　　B. ☐　　　C. ☐　　　D. ☐

文章 2 ｜ 新加坡美食旅遊

❶　美食旅遊是在旅遊過程中以品嚐美味食品為主的旅遊活動，這是最新流行的旅遊方式。今天給大家介紹的是新加坡的美食旅遊。新加坡的美食店和它的商場一樣多，有當地特色的餐廳和小吃街隨處可見。小吃街除了當地美食外，還有不同國家的小吃。到了這裏，你就可以體會到真正的美

食旅遊是怎樣的。

②　NO.1 辣椒螃蟹

和許多國家一樣，新加坡的食物也以麻辣為主，所以喜歡吃辣的遊客可以嘗試一下。這裏的螃蟹不僅個頭大，而且非常新鮮。廚師在煮螃蟹的時候，會加入辣椒一起煮。這不僅讓菜看起來很可口，也能讓人嚐出鮮美的味道。

③　NO.2 海南雞飯

看名字，就知道這道菜是從中國的海南省傳來的。海南雞飯的主要材料是雞肉和大米。廚師一般會選用最好的大米和新鮮的雞肉一起煮。這樣煮出來的米飯聞起來很香，看起來很好看，當然，嚐起來也很可口。吃海南雞飯的時候，記得要加一些配料，比如醬油和辣椒。這會讓原本就很新鮮的肉更加美味。

④　NO.3 肉骨茶

很多遊客以為肉骨茶是真的茶，【－10－】它是用排骨煮出來的湯。只不過廚師在湯裏加了一些藥材，【－11－】湯的顏色看起來很像茶。大家會以為湯裏可能全是骨頭，沒有肉。其實，廚師在選材料的時候，都會選一些肉多的骨頭。因為肉多的話，煮出來的湯口感很好。【－12－】湯裏放了多種藥材，所以這樣的湯不僅對身體好，【－13－】還很美味。

⑤　NO.4 釀豆腐

釀豆腐本來是中國廣州的一道普通菜，【－14－】被介紹到新加坡，受到當地人的喜愛。廚師一般會在豆腐裏加入各種各種的肉。有的人也會在豆腐裏加入其他材料，【－15－】辣椒或者雞蛋等。但【－16－】怎麼做，豆腐裏放的食物都很新鮮。這樣的做法，【－17－】讓豆腐味道鮮美，而且還很嫩。

根據 ❶，填寫下面的表格。 According to ❶, complete the form below.

在句子裏	這個字 / 詞	指的是
① 這是最新流行的旅遊方式。……	"這"	
② 新加坡的美食店和它的商場一樣多……	"它"	
③ 都可以找得到有當地特色的餐廳和小吃街……	"當地"	
④ 總之，到了這裏，……	"這裏"	

根據 ❷、❸，從文章中找出最合適的詞語完成下面的句子。

According to ❷ and ❸, choose the most appropriate words in the passage for each sentence.

⑤ 新加坡的食物大部分都比較_____。

⑥ 新加坡的螃蟹不但新鮮，而且個頭比較_____。

⑦ 如果在煮螃蟹的時候加上辣椒，那麼螃蟹吃起來味道會很_____。

⑧ 海南雞飯主要選用大米和雞肉作為主要_____。

⑨ 吃海南雞飯的時候，一定要有醬油和辣椒作為_____。

根據 ❹、❺，從下面提供的詞彙中，選出合適的詞填空。

According to ❹ and ❺, choose the words provided and fill in the blanks.

> 其實　不僅　所以　後來　不管　由於　而且　比如

⑩ [–10–]_____　　⑪ [–11–]_____　　⑫ [–12–]_____

⑬ [–13–]_____　　⑭ [–14–]_____　　⑮ [–15–]_____

⑯ [–16–]_____　　⑰ [–17–]_____

🎧《聽力訓練 Listening Tasks

一、《文明旅遊》 🎧31

你將聽到一段對中國旅遊局局長陳小皇的採訪。

You will hear an interview with Chen Xiaohuang, the minister of the China National Tourism Board.

請聽下面的採訪，你將聽到兩遍，在唯一正確的方格內打勾（✔）回答問題。

Please listen to the interview. The clip will be played twice. Answer the questions with ticks (✓) afterwards.

請先閱讀一下問題。Please read the questions first.

① 今年大概會有多少中國人出國旅行？

    A. 2 億 ☐

    B. 4.2 億 ☐

    C. 2.46 億 ☐

② 為什麼現在很多中國人喜歡出國旅遊？

    A. 看看不一樣的世界 ☐

    B. 留學 ☐

    C. 學習英文 ☐

③ 旅遊時要買東西，儘量使用＿＿＿。

    A. 人民幣 ☐

    B. 現金 ☐

    C. 信用卡 ☐

④ 以下哪些文明行為沒有提到？

    A. 不大聲說話 ☐

    B. 不在景區吸煙 ☐

    C. 不亂扔垃圾 ☐

⑤ 旅遊局為文明旅遊做的宣傳有＿＿＿。

    A. 在電視播放廣告 ☐

    B. 發宣傳單給遊客 ☐

    C. 到學校對學生進行文明教育 ☐

⑥ 文明教育宣傳最明顯的效果是＿＿＿。

    A. 改變了孩子亂扔垃圾的習慣 ☐

    B. 父母比以前做得更好 ☐

    C. 孩子比以前拿更多的宣傳單 ☐

⑦ 除了文明教育，旅遊局還＿＿＿。

    A. 提供網上投訴 ☐

    B. 注意改善旅遊環境 ☐

    C. 專門訓練文明導遊 ☐

⑧ 改善旅遊環境的措施不包括＿＿＿。

    A. 提供吸煙室 ☐

    B. 限制旅遊人數 ☐

    C. 提供導遊服務 ☐

 Tips

抓關鍵詞，聽懂隱含意思
Catch the keywords and understand the implied meaning

在聽力材料中，有時候說話人並沒有完全說出整個句子的意思。這時候，考生要懂得抓住關鍵詞語，根據聽力材料提供的情境，推斷出對方所隱含的、沒有直接表達出來的意思。只有這樣，才能抓住重點，聽懂對方真正要表達的內容。

In a listening material, there are occasions when the speaker doesn't speak out the whole meaning of a sentence. In this situation, the student should be able to catch the keyword and deduce the implied or indirect meaning based on the scenes in the material. Only in this way, can you know the main idea and the content which the speaker truly wants to express.

請根據聽力一提供的情境，推斷下面三個句子的隱含意思：

According to listening clip 1, please infer the implied meaning of the three sentences below.

句子	情境	分析	隱含意思
① 不會吧！	今年估計會有 2.46 億人出國旅行	記者對陳小皇局長列出的中國人出國旅行人數表示驚訝。	為什麼現在很多中國人喜歡出國旅遊？
② 什麼意思？	旅行不管是去看美景，還是去買東西……要做到文明旅遊。	對上一句"文明教育"的不理解。	什麼是文明教育？
③ 這樣也可以？	每個導遊在出國旅遊之前，對遊客進行文明教育。	對遊客出國前要進行文明教育表示好奇。	這些宣傳有用嗎？

二、《旅行新方式》

你即將聽到第二個聽力片段，在聽力片段二播放之前，你將有四分鐘的時間先閱讀題目。聽力片段將播放兩次，聽力片段結束後，你將有兩分鐘的時間來檢查你的答案。請用中文回答問題。

You will hear the second audio clip. You have 4 minutes to read the questions before it starts. The clip will be played twice, after it ends, 2 minutes will be given to check the answers. Please answer the questions in Chinese.

根據第二個聽力片段的內容，回答問題。
Answer the questions in accordance with the second audio clip.

請在正確的選項裏打勾（✓）。Please tick (✓) in the correct option.

以下描述屬於哪種旅行方式？	慢遊	自駕遊	旅居
① 在一個地方居住很長時間。	_____	_____	_____
② 深受自由行人群的喜愛。	_____	_____	_____
③ 以徒步的方式進行旅遊。	_____	_____	_____
④ 想走就走，想停就停。	_____	_____	_____
⑤ 適合中老年人。	_____	_____	_____
⑥ 不適合身體不好的人。	_____	_____	_____

選出五個正確的敘述。Choose five correct descriptions.

⑦ _____　　A. 旅居需要花半個月或一個月的時間。

　 _____　　B. 旅居是走馬觀花式的旅遊。

　 _____　　C. 旅居就是走到哪裏，住到哪裏。

　 _____　　D. 慢遊可以用心感受生活的美好。

　 _____　　E. 慢遊要自己建生活場所。

　　　　　　F. 自駕遊就是自己駕車去旅行，晚上在車裏住宿。

　　　　　　G. 自駕遊很安全，什麼都不用擔心。

　　　　　　H. 自駕遊不用擔心在路上浪費時間。

　　　　　　I. 慢遊最幸福的事就是和好朋友住在一起生活，慢慢變老。

寫作訓練：博客 Writing Tasks: Blog

● **根據課文一，討論博客的格式是什麼。**

According to text 1, discuss the format of a blog.

● **比較博客與在線論壇的相同點和不同點。**

Compare the similarities and differences between a blog and a forum.

	博客	在線論壇
相同點		
不同點		

博客名稱

網址

X 年 X 月 X 日　星期 X　XX：XX

標題

> 開頭：寫明為什麼要寫這篇博客

> 正文：博客的主要內容 + "我" 的感受和想法

> 結尾：鼓勵讀者留言

閱讀（X）　　　　評論（X）　　　　轉載（X）　　　　收藏（X）

練習一

假期你來到中國的一座城市旅遊。請在博客上介紹你的旅遊經歷和感受。字數：100–120 個漢字。

博客須包括以下內容：

- 總體介紹這個城市
- 分別介紹你在不同景點的旅遊經歷
- 你的感受

中國新年到了，你們全家利用春節假期到中國的一個城市旅行。請在博客上發帖，介紹這次春節旅遊的方式、經歷和你的感受等等。字數：300-480 個漢字。

🏷 **Tips**

總分總的介紹方法 Introduction-Elaboration-Conclusion

"總分總" 介紹法很重要，在寫日記、遊記、博客、社交發帖和介紹景點時都可以用到。

例如景點 / 遊記的介紹可以這樣寫：

Introduction-Elaboration-Conclusion is an essential structure when it comes to writing diaries, travel notes, blogs, posts, and introductions of the view.

For instance, you can write an introduction to a place / travel note in the following ways:

① 總體介紹景點。

　Introduce the place in general.

② 對景點不同地方加以詳細説明。

　Describe different spots of the place in detailed.

③ 總結自己的整體感受。

　Summarize your own experience overall.

例如，課文一對景點的介紹就是用總分總的方法。

For example, the introduction to the tourist spot in text 1 has applied the "introduction-elaboration-conclusion" method.

總 Introduction　總體介紹：名稱、地位、面積等 Introduce: name, status, acreage → 北京是中國的首都，距今已經有三千多年的歷史，是全國的文化、交通和旅遊中心，總面積有一萬六千四百平方公里。

分 Elaboration　分別介紹：景點的特別之處 Describe: distinctive features of different spots → 第一天，爬長城，感受長城的雄偉壯觀。第二天，逛胡同，感受當地的居民生活，體會在老北京生活的樂趣。第三天，看雜技，了解北京的文化藝術。

總 Conclusion　總體感受 Summarize → 總的來説，這次的自助遊不但讓我大開眼界，還讓我認識了很多朋友。

Lesson 9

Urban and rural life
城 鄉 生 活

 導 入　Introduction

城市化進程的加快一方面給人們的生活帶來了各種便利，學校、商店、交通工具等設施應有盡有。另一方面，城市化進程也給人口、居住空間、生態環境等帶來了負面影響。鄉村生活雖然不如城市生活方便，但鄉村人口不多，空氣新鮮，環境優美，生活費用低。隨著經濟的發展，城鄉之間的差距在慢慢縮小，城市與鄉村人們之間的鴻溝逐漸變小了。

The acceleration of urbanization grants us various benefits, including facilities like schools, shops, and transportations. Whereas, urbanization also brings negative effects on populations, living space, and ecological environment. Rural life is inferior to city life in case of conveniences, yet the population, air condition, environment, and living costs in villages are more agreeable. As the economy grows, the gap between rural people and urban people is narrowing.

學習目標 Learning Targets

閱讀 Reading

- 學習提高閱讀速度。
  Increase the reading speed.

口語 Speaking

- 學會讓回答更具體。
  Learn to answer the questions specifically.

- 學會通過比較，説明事物的特點。
  Explain the features of objects by comparison.

聽力 Listening

- 學會抓住文章關鍵詞語，領悟情感。
  Learn to capture the keyword and emotion of a listening recording.

寫作 Writing

- 學會寫訪談稿。
  Learn to write an interview script.

nóng cūn
農村 countryside

yāo qǐng
邀請 invite

fā huī
發揮 exert

tè cháng
特長 characteristic

shì yè
事業 career

gān jìng
乾淨 clean

yǒu xù
有序 in order

yī liáo
醫療 medical treatment

jiào yù
教育 education

huán jìng
環境 environment

gōng gòng fú wù
公共服務
public service

lè guān
樂觀 optimistic

chōng mǎn
充滿 full of

lì bì
利弊 advantages and
disadvantages

biàn lì
便利 convenience

jié zòu
節奏 pace

wū rǎn
污染 pollution

1 課文　城市讓生活更美好 (33)

　　隨著城市的發展，很多年輕人為了生活得更好，離開農村，來到城市。那麼，城市如何讓年輕人的生活更美好呢？今天，我們很高興邀請到了上海大學校長王曉燕接受採訪。

記　王校長，您好！謝謝您接受我們的採訪。中國人一向最重視家庭，為什麼越來越多農村的年輕人離開農村，離開家人，來到城市發展呢？

王　年輕人選擇到城市工作是因為城市的工作機會多，選擇面更廣。另外，在城市工作，可以發揮自己的特長，做自己喜歡的事業，城市能為年輕人提供美好的未來。不管在城市生活多辛苦，他們都會選擇留下來。

記　除了工作機會之外，和農村相比，城市對年輕人的吸引力主要在哪裏呢？

王　每個生活在城市裏的人都會覺得城市更乾淨，生活更有序。這裏有先進的醫療和教育，而且有優美的環境、高品質的生活、豐富的休閒娛樂方式和良好的公共服務。城市讓生活更美好，這是年輕人選擇在城市生活的原因。此外，城市裏的人還很樂觀，也很自信，對生活充滿希望。

記　農村的年輕人來到城市生活，需要注意什麼？

王　凡事都有利弊。一方面，在城市生活可以享受科技帶來的便利、良好的醫療和教育等服務。另一方面，在城市生活會有很多挑戰，如交通擁擠、生活節奏太快、環境受污染、工作壓力大等問題，這些都需要年輕人做好心理準備。此外，年輕人能否融入當地生活，也是他們能否在這個城市留下來的重要因素。

記　是的，在城市裏，有更豐富多彩的生活等著年輕人。只要不斷努力，幾年後就可以在城市穩定下來。希望這次的採訪對想要在城市工作的年輕人有幫助，也謝謝王校長接受我們的採訪。

Culture Point

傳統上，中國是農業國家。隨著經濟的發展，種地的人少了，越來越多的人走出農村，來到沿海一帶城市打工。隨著中國城市化進程的推進，農村發生了巨大的變化，生活條件變得越來越好了。超市、診所、學校等紛紛建立起來，跟城市沒有特別大的區別，在生活的某些方面反而比城裏更加安逸。於是，越來越多的人又回到了農村。

China is a traditional agricultural country. As the economy develops, there are fewer farmers and more opportunity chasers leave their hometown to the coastline cities. During the urbanization in China, there are radical changes in the countryside: the living conditions are getting better; supermarkets, clinics, and schools are built. There is no obvious great difference between a city and a village anymore, and in some circumstances, living in a village is more enjoyable. Therefore, more and more workers go back to their birthplaces.

🔍 語法重點 Key Points of Grammar

條件關係複句　Conditional correlative complex sentence

表示有了某種條件，才會出現某種結果。
Indicate a condition that directs a certain consequence.

常用的條件關係關聯詞有：
The general correlative conjunctions for this complex sentence are:

單用 Stand-alone	只要、只有、除非、一旦 as long as, only, unless, once
雙用 Dual	只要 / 一旦……就 / 都 / 便…… once...soon 只有……才…… only...so 除非……才……；除非……不……；除非……否則…… unless...so...; unless...not...; unless...otherwise... 沒有……就沒有…… no...no... 無論 / 不論 / 不管……都…… no matter...all...

📑 課文理解 Reading Comprehensions

① 為什麼年輕人要想辦法在城市找工作？

___

② 城市讓生活更美好，體現在哪些方面？

___

③ 在城市生活，年輕人要做好哪些心理準備？

___

④ 城市裏的人有哪些性格特點？

___

⑤ 年輕人能否在城市留下來的重要因素是什麼？

___

概念與拓展理解 Concepts and Further Understanding

① 課文一的採訪對象是誰？
Who is the interviewee in text1 ?

② 課文一的語氣如何？對象不同，語氣會發生變化嗎？
What is the tone in text1? Will the tone change along with different interviewees?

③ 城市化進程會導致傳統文化習俗多樣性的消亡嗎？
Will the progress of urbanization eliminate the diversity of traditional culture and customs?

④ 課文一的寫作目的是什麼？
What is the writing purpose of text 1?

⑤ 作者是如何達到寫作目的的？
What has the writer done to achieve writing purpose?

語言練習 Language Exercises

把有錯別字的詞語圈出來，並將正確的詞語填寫在括號內。
Circle the wrongly written characters, and write the correct words in the brackets.

① 農村　敖請　擁擠　（　　　　）　② 拚命　贈長　農民　（　　　　）
③ 發渾　壯觀　台階　（　　　　）　④ 特別　事業　乾爭　（　　　　）
⑤ 有序　醫遼　教育　（　　　　）　⑥ 環鏡　方式　生活　（　　　　）
⑦ 服務　樂棍　充滿　（　　　　）　⑧ 利敝　教學　有序　（　　　　）
⑨ 節奏　更利　公共　（　　　　）　⑩ 發生　特長　虧染　（　　　　）

選出能替換句子中畫線部分的詞語，然後重寫句子。
Rewrite the sentences by changing the underlined words with the given words.

> 特長　　醫療　　教育　　樂觀　　利弊　　便利

⑪ 城市裏的人在健康上更有保障，因為城市裏用於治療疾病的設備很先進。

_____

⑫ 教師的責任是按一定要求培養下一代成為全面發展的有用人才。

_____

⑬ 她是一個對凡事都充滿信心的人。

_____

⑭ 任何事物都有它好的一面和不好的一面。

_____

⑮ 我家就住在商場附近，買東西很容易。

_____

⑯ 陶小樂在繪畫方面有與眾不同的技能。

_____

填入正確的關聯詞。 Fill in the blanks with appropriate correlative conjunctions.

⑰ _____ 做好了足夠準備，_____ 就不要冒險去潛水。

⑱ _____ 明天有沒有下雨，我們 _____ 要去上學。

⑲ _____ 經歷過去的辛苦和努力，_____ 今天的成就。

⑳ _____ 做完作業，_____ 可以出去玩。

㉑ _____ 認真複習，_____ 能取得好成績。

㉒ 老師教導我們 _____ 做什麼事 _____ 要有頭有尾，不能中途放棄。

🕘 課堂活動 Class Activities

五子棋遊戲 Five in a Row

你有五分鐘的時間去記課文一的所有生詞，然後在下面的方格裏寫出所有你能記住的詞語。當老師讀詞語時，請在你的詞語方格中間塗上圓點，當五個詞語連成一條直線（橫、豎、斜），就 Bingo。最後看看誰連成的直線最多。

You have five minutes to memorize all the vocabulary in text 1. Then write them in the boxes below as much below as possible. When the teacher reads the vocabulary, please put a dot in the box. If there are five dots in a row(horizontal, vertical, diagonal), then you get a Bingo. See who gets the most lines.

💬 口語訓練 Speaking Tasks

第一部分 根據主題 "城鄉生活"，做 2–3 分鐘的口頭表達。做口頭表達之前，先根據提示寫大綱。Make a 2-3 minutes oral presentation on the theme "urban and rural life". Before you start, use the form below to make an outline.

大綱 Outline	內容 Content
觀點 Perspectives	
事例 Examples	
名人名言 Famous quotes / 熟語 Idioms	
經歷 Experiences	
總結 Summary	

① 你喜歡在城市生活嗎？

② 你最喜歡哪一個城市？為什麼？

③ 城市給你的生活帶來了哪些便利？

④ 城市給你的生活帶來了哪些不便？

⑤ 如果你是市長，你會對你所在的城市做出哪些改變？

🏷 Tips

如何讓你的回答更具體？ How to answer specifically?

考生在回答問題時不要泛泛而談，應該說重點。

Students who answer a question should focus on the main point, rather than all the details.

例如：第一題：你喜歡在城市生活嗎？

For example: Question1: Do you like city life?

考生 A：我喜歡，城市有很多好玩的，交通方便。還有很多休閒娛樂項目，加上我又喜歡上網，所以我喜歡城市生活，城市生活讓人更美好。

Student A: Yes, I do. There are lots of fun and convenience in a city. The integrated city transport system also can take us to get every corner immediately. There are lots of entertainment facilities. Also, I like to surf the Internet. I really like city life, it makes people's daily lives so much better.

點評：80% 的考生都會這麼回答問題，幾乎沒有具體的細節說明，不但浪費了寶貴的表現時間，也不能得到較高的分數。

Comment: 80% of students answer the questions in this way, which barely has any specific detail. An answer like this will only waste your precious presenting time, and also there is less chance to get a high mark.

正解：我喜歡城市生活，因為城市讓我的生活變得豐富多彩。我可以在週末約上幾個朋友去踢足球，鍛煉身體。煩惱的時候，可以去電影院看電影或者和朋友去咖啡廳喝咖啡。學習的時候，可以去圖書館查資料。還可以去聽音樂會，聽專家講座等等。城市不但豐富了我的業餘生活，也讓我的身心更健康。

Reference answer: I like city life because the city enhances my daily experiences. I can play football with my friends on the weekend. When I'm in a bad mood, watching a movie in a cinema or having a coffee with friends can relieve me a lot. When I'm studying, libraries provide me the convenience of looking up information. I can also go to concerts, seminars, and so on. The city not only enriches my leisure time but also improves my physical and mental health.

② 課文　城市好還是農村好 ㉞

自然美博客

http://www.zizhuyou.blog.com

2021 年 4 月 6 日　星期二　20:48

　　由於城市的環境污染越來越嚴重，越來越多的人選擇去農村生活。那麼到底是城市好，還是農村好呢？

　　城市生活節奏快，工作壓力大。每天有做不完的工作，有時晚上回到家還要加班。而農村生活節奏比較慢，不像大城市那樣每天都在忙碌，需要不停地思考。緩慢的生活節奏使人們更加平靜，身心更健康。農村也不會像城裏堵車堵得那麼厲害，節省了很多時間。

　　另外，農村的空氣質量比城裏的好，那裏很少有汽車尾氣的排放，很少有工廠排放出的廢氣、廢水，也很少出現霧霾天氣。春天的時候看看花朵，秋天的時候吃吃水果，呼吸著大山裏的新鮮空氣，感覺心情特別舒暢！

　　在城市，人與人之間關係比較冷漠，鄰居之間很少來往。在農村，鄰里之間比較親近，人與人相處得更融洽。

　　城市裏的食品來源太多，有些食品含有大量的化學物質。城裏人有時候會擔心買到被污染的菜。住在農村就不一樣了，農村的蔬菜比城裏的乾淨得多，人們每天吃的大多是綠色蔬菜。而且在農村蔬菜種類繁多，也不怕壞，想吃什麼就到園子裏去摘什麼。

生詞短語

jiā bān
加班 overwork

sī kǎo
思考 thinking

huǎn màn
緩慢 slow

dǔ chē
堵車 traffic jam

jié shěng
節省 save

wěi qì
尾氣 exhaust

wù mái
霧霾 haze

hū xī
呼吸 breathe

xīn xiān
新鮮 fresh

shū chàng
舒暢 pleasant

lěng mò
冷漠 indifferent

róng qià
融洽 harmoniously

wù zhì
物質 material

zhǒng lèi fán duō
種類繁多
wide varieties

yōu yuè
優越 advanced

總而言之，城市雖然能提供優越的物質條件，可是相對於農村，它並沒有提供更健康的生活方式。所以，我認為還是在農村生活好。

大家對此有什麼看法嗎？請給我留言。

閱讀（20）　　　　評論（12）　　　　轉載（8）　　　　收藏（5）

語法重點 Key Points of Grammar

比字句 "比" sentence

當我們對兩個事物進行比較時，會用"比"來引出比較的對象。基本格式如下：

The word "比" is frequently applied in a comparison sentence when the comparative object needs to be pointed out. The basic formats are:

Structure ① A 比 B ＋形容詞 A compares to B+ adjective

E.g. ● 農村的空氣質量比城裏的好。The air condition in villages is better than that in cities.

Structure ② A 比 B ＋形容詞 ＋ 具體差別（具體數字 / 得多 / 一點兒 / 一些）

A compares to B + adjective+ specific differences (numbers/ 得多 (more/much)/ 一點兒 (a little bit)/ 一些 (some))

E.g. ● 農村的蔬菜比城裏的乾淨得多。

The vegetables of villages are much cleaner than that of the cities.

● 多多比凱瑞高 10 厘米。Duoduo is 10 cm taller than Carrey.

注意　Notes

① 比較兩個事物的具體差別時，具體的數字要放在形容詞後面。

The number should be behind the adjective when we compare the specific difference of two objects.

E.g. ● 北京的氣溫比香港低 10 度。

The temperature in Beijing is 10 degrees lower than that in Hong Kong.

② 形容詞前面不能用"很""非常""特別"等程度副詞修飾。

It is not allowed to use adverbs of degree like"很""非常""特別"in front of the adjective.

> **E.g.** ● 北京的氣溫比香港非常低。(✖)
>
> The temperature in Beijing is very lower than that in Hong Kong.(✖)

③ 表示差別很大的時候可以在形容詞後面加"得多""多了"。

"得多"and"多了"are the correct answers to indicate great differences

> **E.g.** ● 北京的氣溫比香港低多了。The temperature in Beijing is a lot lower than that in Hong Kong.

④ 表示差別不大的時候可以在形容詞後面加"一點兒""一些"。

To express moderate difference, we tend to use"一點兒"and"一些"

> **E.g.** ● 北京的氣溫比香港低一點兒。
>
> The temperature in Beijing is a little bit lower than that in Hong Kong.

Structure ③ A 比 B 更 / 還 …… A is more... than B

> **E.g.** ● 農村的空氣質量比城裏的還要好。The air condition of villages is better than cities.

Structure ④ A 比 B+ 動詞 + 得 + 程度補語 A compares to B + verb + 得 + degree complement

A + 動詞 + 得 + 比 +B+ 程度補語 A + verb+ 得 + 比 + B + degree complement

> **E.g.** ● 800 米比賽中，多多比凱瑞跑得快。
>
> Duoduo is faster than Carrey in the 800 meters running.
>
> ● 凱瑞跑得比多多慢得多。Carrey is much slower than Duoduo in running.

Structure ⑤ A 比 B+ 早 / 晚 / 多 / 少 + 動詞 + 數量補語

A compares to B+ earlier / later / more / less+ verb+ quantity complement

> **E.g.** ● 多多比凱瑞早出生半年。Duoduo was born half a year earlier than Carrey.
>
> ● 凱瑞比多多晚出生半年。Carrey was born half a year later than Duoduo.

① 生活節奏慢，對人有什麼好處？

② 為什麼農村空氣質量好？

③ 和城市比，農村人的鄰里關係怎麼樣？

④ 為什麼城裏人怕買到有污染的菜？

⑤ 農村的蔬菜和城市相比有什麼特點？

概念與拓展理解 Concepts and Further Understanding

① 課文二是什麼文體？ What is the text type of text 2?

② 作者的觀點是什麼？ What is the perspective of the author?

③ 作者的觀點是如何構建的？ In what way the perspective of the author is constituted?

④ 作者説城市給人們提供了優越的物質條件，你認為是哪些物質條件？
The author said that cities provide superior material conditions for people, and which of them do you think is considered as "superior material conditions"?

⑤ 在博客上呈現的觀點都是可信的嗎？ Are all the perspectives on the blogs reliable?

選擇適當的詞語，填寫在橫線上。Fill in the blanks with appropriate words.

① 今天工作做不完，看來晚上要＿＿＿＿＿＿＿了（下班、上班、加班、代班）。

② 這位新來的同學不愛說話，對人也很＿＿＿＿＿＿（冷清、冷漠、冷氣、冷落）。

③ 小明的爸爸買了一輛車，以後上下班就會＿＿＿＿＿＿（節約、節日、節束、節省）
很多時間。

④ 吸入汽車＿＿＿＿＿＿（尾氣、尾巴、追尾、末尾）對人的身體很不好。

⑤ 小樂到了新學校後，和同學們相處得非常＿＿＿＿＿＿（融入、融化、融洽、融合）。

⑥ 傍晚到海邊散散步會讓我們的身心都感到很＿＿＿＿＿＿（舒服、舒心、舒暢、舒緩）。

⑦ 小剛家的生活條件很＿＿＿＿＿（優美、優越、優秀、優良），從來不用擔心過得不好。

選擇正確的詞語填空。Fill in the blanks with the right words.

> 思考　　緩慢　　堵車　　霧霾　　呼吸　　新鮮　　物質　　種類繁多

⑧ 超市裏的商品＿＿＿＿＿＿，我逛了一個下午，買到了很多喜歡的東西。

⑨ 考試遇到難題要冷靜＿＿＿＿＿＿，千萬不要慌。

⑩ ＿＿＿＿＿＿是指金錢、生活資料等。

⑪ 老奶奶身體不好，＿＿＿＿＿＿地移動腳步，往醫院走去。

⑫ 只有在森林裏才能呼吸到＿＿＿＿＿＿的空氣。

⑬ ＿＿＿＿＿＿對人類的身體健康造成了極大威脅。

⑭ 早晨起來到戶外＿＿＿＿＿＿新鮮的空氣，對身體有好處。

⑮ 早上要早點兒出門坐車，否則遇到＿＿＿＿＿＿是會遲到的。

判斷下面"比"字句的使用是否正確，如果錯誤請訂正。

Determine whether the "比" sentences are used appropriately or not, and correct them if there is any mistake.

⑯ 她的衣服比我的很美。　　　　⑰ 她大三歲比我。

⑱ 我學的漢語單詞比他的很多。　　⑲ 我學的漢語單詞比他的多多了。

⑳ 多多跳得繩比我快。　　　　㉑ 多多比凱瑞穿多了一件衣服。

㉒ 多多比凱瑞晚學半年漢語。

故事接龍 Round Robin Speaking

將課文二文章中學到的生詞編成一個故事，每個人說一句話，一個接一個說，比比誰的句子說得最有趣。第一個同學可以這樣開頭，"今天，我……"第二個同學根據第一句話的內容，編第二句。以此類推。

Use the vocabulary you have learned in text 2 to make a story. One student says a sentence, another one continues it, and see whose sentence is the most interesting. For example, the first student can start like this: "Today, I...", then the following student keeps on the story with the second sentence, etc..

💬 **口語訓練** Speaking Tasks

第一部分 根據圖片，做 3-4 分鐘的口頭表達。
做口頭表達之前，先根據提示寫大綱。

**Make a 3-4 minutes oral presentation based on the picture.
Before you start, use the form below to make an outline.**

大綱 Outline	內容 Content
圖片內容 Information of the picture	
圖片主題 Theme of the picture	
提出觀點 Make your points	
延伸個人經歷 Relate to personal experiences	
名人名言 Famous quotes / 熟語 Idioms	
總結 Summary	

第二部分 回答下面的問題。Answer the following questions.

① 在農村生活一定不好嗎？

② 你有可能像圖中的男孩那樣在牛背上睡覺嗎？為什麼？

③ 如果有機會，你會去農村生活嗎？為什麼？

④ 如果讓你去農村做義工，教當地孩子讀書，你會去嗎？

⑤ 你會如何幫助農村生活貧困的孩子？

通過比較，說明事物的特點。Explain the characteristics of an object by comparison.

有時候為了能更清楚地說明事物的特點，可以將另外一個事物拿來一起做比較，突出要說明事物的特點。例如，在回答第一個問題"在農村生活一定不好嗎"時，可以將農村生活和城市生活進行對比，從而讓自己的觀點更清楚。

Sometimes, for the purpose of explaining the characteristics of an object clearly, we can put it in a comparison with another object, then the features of the object you want to explain can be highlighted. For example, to answer the first question "Is it definitely bad to live in a village? ", we can make a comparison between the village life and the city life, so that the point of view can be clarified.

技能訓練 Skill Tasks

閱讀訓練 Reading Tasks

| 文章 1 | 城市生活的壓力 |

仔細閱讀下面的短文，然後回答問題。
Read the passage carefully and answer the following questions.

　　6月9日下午，來自上海的多位專家共同探討了"新一代都市人的壓力從何而來，我們又該如何同壓力相處"的話題。他們發起了"都市人壓力大調查"，在一個月內共收回了 3281 份問卷，受訪者來自十多個不同的行業和不同的城市。調查結果顯示，20% 的年輕人最後選擇離開城市，回到農村生活，主要原因是生活壓力太大。

　　絕大多數人在城市生活都面臨著極大的壓力。56% 的都市人表示承受著"很大"和"較大"的壓力。調查發現，工資水平中等的人承受的壓力最大。月收入在 6000 元以下的人群也會經常感到壓力，隨著收入的增多，壓力會相應地減小。但是，當月收入達到三萬元以後，壓力又往上增加了。

18歲以下的調查對象每天也會感受到壓力。但隨著年齡的增長，人們自我消化壓力的能力也在增強。18歲以上的受訪者中，多數人第一次感受到巨大壓力是在"工作初期""成為公司管理層"或"有了孩子之後"。壓力大部分發生在人生的重大時刻。初入社會的職場新人可能面臨的最大難題是"經濟狀況不佳"。26歲至35歲的人的難題在於"工作與個人生活失衡嚴重"。進入中年後，人們則開始擔心身體的健康狀況。

有69%的受訪者表示壓力來自對未來感到迷茫。近32%的人對"來不及學習行業新知識和變化"感到焦慮，擔心跟不上時代需要。近30%的受訪者認為正在做一份自己毫無興趣的工作。調查也顯示：每一代人都有不同的壓力，在未來的高科技時代，壓力可能不在於緊張的工作，而在於機器和科技幫助人類提高效率以後，人們如何讓空閒時間過得更有意義。

壓力一方面來源於身體狀況，另一方面來源於人們的心理感受和體驗。要想管理壓力，讓工作、事業、家庭更平衡，很大程度上就是要找到舒緩壓力的方式。在解壓方式上，調查顯示，有80%的受訪者最常用的是娛樂、運動和旅遊等方式。

專家建議，人們要多參加戶外活動，經常鍛煉身體，保持良好的心情，這樣才有利於減輕壓力。

① 百分之二十的年輕人選擇離開城市的原因是什麼？

_____

② 調查結果顯示，哪些人承受的壓力最大？

_____

③ 哪些人會經常感到壓力？

a._____

b._____

④ 多數人第一次碰到壓力是什麼時候？

a._____

b._____

c._____

⑤ 進入中年後，壓力主要來源於哪方面？

_____

⑥ 超過一半的受訪者認為他們的壓力主要是什麼？

_____

⑦ 人們未來的壓力在於什麼？

_____

⑧ 人們最常用的解壓方法有哪些？

_____

❶ 現在的農村和城市的差別越來越小了，農民的生活水平有了很大的提高。為了提高農民的生活質量，很多村子都增添了生活和娛樂設施，農民也過上了舒適的 "城裏" 生活。儘管如此，農村生活還是面臨很多問題。今天我們特地採訪了石橋村村長倪大凱，請他來和我們談談當前農村生活面臨的問題。

❷ 記 【－1－】

倪 最主要的原因是農村的工作機會有限，很多年輕人在農村找不到工作。由於國家重視環境問題，農村很多污染型企業被關閉，很多原本在這類企業工作的農民失去了工作。另外，大部分農民的學歷都不高，很難找到穩定的工作。再加上人工智能化，農村的很多工廠不再需要大量的勞動力。因此，外出打工是大部分農村人的選擇。

❸ 記 【－2－】

倪 年輕人紛紛進城打工，農村的青壯年勞動力減少，導致了農村土地的大面積荒廢。老人和兒童留守在農村，一方面老人在生活上得不到很好的照顧，比較孤獨；另一方面，兒童沒有父母親陪伴在身邊，教育也受到了嚴重的影響。

❹ 記 【－3－】

倪 跟城市相比，農村的教育資金比較少，農村的學校設備比較落後，閱讀資源不足，教師資源有限。這些都在很大程度上影響了農村的教育。

❺ 記 【－4－】

倪 現在，越來越受過良好的教育的年輕人選擇重新回到農村創業，為農民創造了更多的工作機會。同時，隨著網絡科技的發展，農民可以直接在網上銷售農產品，大大地增加了家庭收入。而且國家和學校還提倡藉助互聯網開展線上教育，讓農村兒童接受良好的教育，享有和城市青少年同樣的受教育機會。我們相信，農村生活會有改善，變得越來越好！

根據文章 2，選出相應的句子，把答案寫在橫線上。

According to passage 2, choose the corresponding sentences and write the answers on the lines.

① [−1−] _____　　A. 您認為年輕人在農村工作會面臨什麼問題？

② [−2−] _____　　B. 現在，農村的生活有哪些改善？

③ [−3−] _____　　C. 年輕人外出打工對農村造成了哪些影響？

④ [−4−] _____　　D. 為什麼很多農村的年輕人選擇外出打工？

　　　　　　　　　E. 政府採取了哪些措施來提高農民的生活質量？

　　　　　　　　　F. 為什麼農村的教育存在問題？

根據 ❶，找出最接近下面解釋的詞語。 According to ❶ find out the closest definations.

⑤ 形式或內容上的不同：_____

⑥ 為滿足某種需要而建立起來的建築等：_____

⑦ 身體或精神上感到輕鬆愉快：_____

⑧ 專為某件事：_____

根據 ❷−❺ ，選出五個正確的敘述。把答案寫在橫線上。

According to ❷-❺, choose five correct descriptions. Write the answers on the lines.

文中提到在農村生活面臨的問題包括：

⑨ _____　　A. 人工智能化，導致很多農民找不到工作。

　 _____　　B. 到城市打工只是一小部分農民的選擇。

　 _____　　C. 國家重視環境問題，農村很多污染型企業被關閉。

　 _____　　D. 很少青壯年勞動力留在農村。

　 _____　　E. 農村教師資源仍然相對缺乏。

　　　　　　　F. 受過良好教育的人沒有回到農村創業。

　　　　　　　G. 土地荒廢。

　　　　　　　H. 網絡科技幫助農民增加了家庭收入。

如何提高閱讀速度？
How to increase your reading speed?

任何文章，都有很多多餘的信息。要提高閱讀速度，就要去掉這些多餘的信息。因此在閱讀的時候，可以不以字、詞為單位，而是尋找關鍵線索，有的地方可以忽略不讀。

It's unavoidable that there is redundant information in every article. To speed up yourself, this kind of information can be omitted. When we are reading, look for the clues and essential factors instead of reading word-by-word. Sometimes we can even skip a part.

如文章二的這段文字：

"最主要的原因是農村的工作機會有限，很多年輕人在農村找不到工作。由於國家重視環境問題，農村很多污染型企業被關閉，很多原本在這類企業工作的農民失去了工作。另外，大部分農民的學歷都不高，很難找到穩定的工作。再加上人工智能化，農村的很多工廠不再需要大量的勞動力。因此，外出打工是大部分農村人的選擇。"

For example, this is a paragraph in the passage 2:

"The primary reason is that there is seldom work opportunity in rural areas, and many young people can't find jobs. As environmental issues gain more attention, many polluting enterprises in rural areas are forced to close, and many farmers who originally worked there have lost their jobs. In addition, most farmers are poorly educated, and it is difficult for them to find stable jobs. Now we even have artificial intelligence, many factories in rural area don't choose laborers as their first choice. Therefore, leaving the village for jobs is the most general option for the rural people."

這段文字如果只看關鍵成分，就變成：

"……年輕人……找不到工作……企業關閉……學歷不高……人工智能……外出打工……"

If we only examine the crucial parts, the article becomes:

"...the young people...can't find jobs...enterprises are forced to close...poorly educated...artificial intelligence...leaving the village for jobs..."

短短 24 個字，就能讀出作者想要傳遞的完整信息。

We can get the intact information which the author wants to express in a much shorter scale.

提高閱讀速度，取決於平時數量的積累，讀得越多就越熟練。閱讀的時候，應該培養自己根據閱讀材料中的一部分內容，快速抓出主要意思的能力。多練多看，就很快能提高閱讀速度。

The reading speed depends on our reading quantity; the more you read, the more experiences you gather. We should cultivate the skill to grasp the main idea quickly through a portion of the content. The reading speed can increase rapidly if you read more and practice more.

聽力訓練 Listening Tasks

一、《我喜歡農村生活》

你將聽到關於《我喜歡農村生活》的文章。你將聽到兩遍，請聽錄音，然後回答問題。
You will hear an article *I like rural life*. The clip will be played twice. Please listen and answer the questions.

請先閱讀一下問題。Read the questions before you start.

① "我" 喜歡在田間跑步，因為農村早晨的空氣新鮮，而且在田間跑步不會＿＿＿＿＿＿＿＿＿。

② 在農村，每個人都很＿＿＿＿＿＿＿＿＿，但他們總是很開心。

③ 農村人會在院子裏種一些＿＿＿＿＿＿＿＿＿。

④ "我" 喜歡在農村生活，因為人與人之間有＿＿＿＿＿＿＿＿＿。

⑤ 城市人特別嚮往的是＿＿＿＿＿＿＿＿＿。

⑥ 農村的天空之所以像＿＿＿＿＿＿＿＿＿一樣，是因為沒有工廠排出的廢氣和汽車尾氣。

⑦ 很多城裏人想在＿＿＿＿＿＿＿＿＿買一套屬於自己的房子。

⑧ 城裏人想要擁有清新的空氣和＿＿＿＿＿＿＿＿＿，就要在房子周圍種上花草樹木。

二、《在城市生活，我失去了什麼》

你即將聽到第二個聽力片段，在聽力片段二播放之前，你將有四分鐘的時間先閱讀題目。聽力片段將播放兩次，聽力片段結束後，你將有兩分鐘的時間來檢查你的答案。請用中文回答問題。
You will hear the second audio clip. You have 4 minutes to read the questions before it starts. The clip will be played twice, after it ends, 2 minutes will be given to check the answers. Please answer the questions in Chinese.

選出五個正確的敍述。Choose five correct descriptions.

① ＿＿＿＿＿＿

＿＿＿＿＿＿

＿＿＿＿＿＿

＿＿＿＿＿＿

A. "我" 是在上海讀的大學。

B. "我" 原本認為城市會讓生活變得更美好。

C. 空氣污染是在大城市生活的一個不可忽視的問題。

D. 工作壓力讓 "我" 的生活方式變得不健康。

E. "我" 沒有什麼精力去參加社區活動。

F. "我" 每天花兩個小時坐公交車和地鐵上下班。

G. "我" 已經決定回鄉村生活。

H. 城市生活給 "我" 帶來了痛苦和煩惱。

填空題，每個空格最多填三個詞語。Fill in the blanks, three words in one blank at maximum.

在城市中生活，我們到底失去了什麼呢？我認為我們失去了【–2–】，失去了生活中真正【–3–】，而我們擁有的恰恰是城市生活給我們帶來的【–4–】。

我實際上已經變成了生活的奴隸。我開始反省自己，我覺得只要擁有【–5–】就好，也許回到鄉村生活才是我應該做的決定。

② [–2–]_____   ③ [–3–]_____

④ [–4–]_____   ⑤ [–5–]_____

選出正確的答案。Choose the correct answers.

⑥ 文章的目的是_____。

　A. 説明城市生活給我們帶來了哪些痛苦和煩惱

　B. 説明在城市生活房價太高

　C. 説明在農村生活比在城市生活好

⑦ 文章的語氣是_____的。

　A. 悲傷　　　　B. 無奈　　　　C. 憤怒

🏷 **Tips**

抓住文章關鍵詞語，領悟情感 Catch the emotion of the keyword

詞語是語言的基本材料，在聽一篇文章時，要注意抓住聽力材料中的關鍵詞語，感悟詞語所要表達的情感。因為文章的主旨、作者的寫作目的都是通過關鍵詞語表達出來的。

Vocabulary is the fundamental material of the language. When listening to a passage, we must pay attention to the keywords, and understand the emotions in them, because the main purpose of the article and also the author's writing purpose is expressed through keywords.

這些重點詞語通常會出現在文章的開頭、段落或文章的結尾，有概括、加重語氣和引起聽者思考和共鳴的作用。

The keywords usually appear in the beginning of a passage, the end of a paragraph, and the end of passage. They have the effects of summarizing, emphasizing the tone, and arousing the listeners to think or resonate.

要學會聯繫上下文，理解詞語，才能理解句子，最後理解文章的意思。只有這樣，才能聽出説話者的意圖以及所要表達的情感。因此，在聽聽力的時候，要有意識地注意重點詞語。

We should learn to connect the context, then understand words in order to understand sentences, and eventually recognize the whole meaning of a passage. Only in this way can we comprehend the speaker's intentions and emotions. Therefore, when we are listening, we must consciously pay attention to the keywords.

請對照附錄中聽力二的文本，聽出重點詞語來體會文章的大意和語氣。

In accordance with transcript in the appendix of the second audio clip, please listen to the keywords and comprehend the main content and tone of the article.

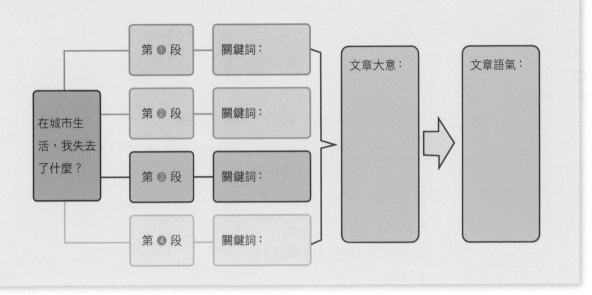

寫作訓練：訪談 Writing Tasks: Interview

熱身

● **根據課文一，討論訪談的格式是什麼。** According to text 1, discuss the format of an interview.

文體：訪談
Text type: Interview

訪談是採訪者就某一話題，請受訪者發表意見，以一問一答的形式進行的採訪。

An interview is that the interviewer asks the interviewee to give an opinion on a specific topic. Usually, it's one-on-one.

格式 參考課文一

訪談主題（標題）
訪問 XXX（採訪對象）

□□開頭：採訪的時間、地點、人物、目的

□□正文：受訪者的觀點和感受
記：（介紹自己，圍繞主題問問題）
X：
記：（層層遞進提出問題）
X：
記：
X：

□□結尾：總結

練習一

你的朋友回農村生活已經半年了。你是新華社記者，你想聽聽她為什麼離開城市，以及她這半年在農村生活的感受和對農村生活的看法。請寫一篇採訪稿。字數：100-120 個漢字。

採訪稿應該包括以下內容：
● 離開城市回農村生活的原因
● 和城市比，農村有哪些好的方面
● 和城市比，農村有哪些不好的方面

你是新明日報的記者,你所在的小區最近搬來很多從農村到城市工作的人。在和他們的交談中,你發現這些人在融入本地城市生活方面碰到很多困難。請從下列的文本類型中選擇一種,介紹一下這些農民工為什麼來城市工作,在城市生活中碰到哪些困難,以及他們給其他農民工的建議等等。字數:300-480 個漢字。

電子郵件	演講稿	訪談

🏷 Tips

如何寫訪談稿？How to write an interview script?

寫訪談稿，重點是訪談稿的結構以及如何提問問題。訪談稿通常可以根據以下結構來寫作，請參看課文一。

The key point of writing an interview script is to consider the construction of the script and the ways of asking questions. The table below is one of the general formats we use in an interview script. Please refer to text 1.

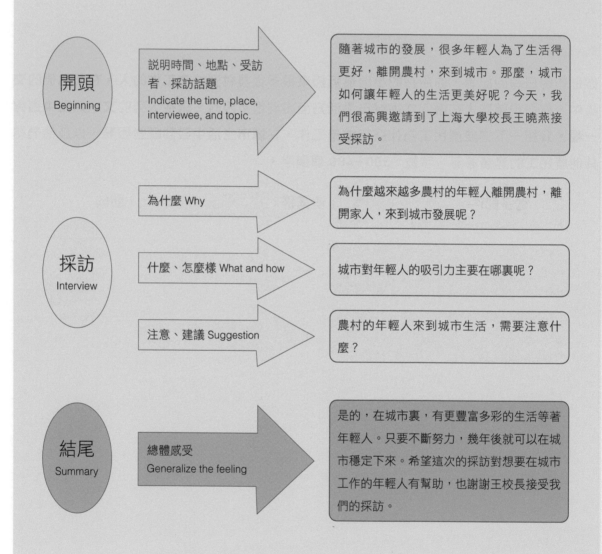

開頭 Beginning — 説明時間、地點、受訪者、採訪話題 Indicate the time, place, interviewee, and topic. → 隨著城市的發展，很多年輕人為了生活得更好，離開農村，來到城市。那麼，城市如何讓年輕人的生活更美好呢？今天，我們很高興邀請到了上海大學校長王曉燕接受採訪。

採訪 Interview — 為什麼 Why → 為什麼越來越多農村的年輕人離開農村，離開家人，來到城市發展呢？

什麼、怎麼樣 What and how → 城市對年輕人的吸引力主要在哪裏呢？

注意、建議 Suggestion → 農村的年輕人來到城市生活，需要注意什麼？

結尾 Summary — 總體感受 Generalize the feeling → 是的，在城市裏，有更豐富多彩的生活等著年輕人。只要不斷努力，幾年後就可以在城市穩定下來。希望這次的採訪對想要在城市工作的年輕人有幫助，也謝謝王校長接受我們的採訪。

聽力一

錄音一

M：你好！請問中文課室怎麼走？

F：從這裏直走，坐電梯上樓，出了電梯，向右轉就到了。

M：坐電梯上幾樓？出電梯後大概要走多久呢？

F：上十四樓，大概走兩分鐘就到了。

錄音二

M：老師好！對不起，昨晚我的弟弟妹妹生病了，我得送他們去醫院看醫生，回到家都半夜了，作業也來不及寫。我今天能不能晚一點兒到學校？我想在家裏先把作業做完，預計差一刻十一點能到學校，謝謝老師諒解！

錄音三

M：你申請了什麼課外活動？

F：我報了辯論課程。上週剛參加了面試，進入第二輪了，這個星期五還有一次面試。

M：太好了，這個辯論課程打算錄取幾個學生？

F：就八個吧，組成兩組辯論隊，競爭很激烈。

M：別擔心，週六足球場見！

F：好的。

錄音四

M：觀眾朋友們，大家好！現在播報新聞！為了讓更多的貧困學生受惠，減輕他們在學校的負擔，新加坡教育部將從今年 3 月 1 日起推行"教育部財政資助計劃"，全校 20% 的學生將有資格申請資助。

錄音五

F：聽眾朋友們，早上好！歡迎收聽天氣預報，因為昨晚一場大雨，今天早上氣溫在 24 度左右，天氣涼爽。中午會有雷雨，請大家不要忘記帶傘。午後，氣溫將會上升，最高將達到 39 度。早晚溫差大，請注意身體健康。

錄音六

M：小珍，你好！你來找老師聊天，有什麼需要幫忙的嗎？

F：我不想進教室上課，什麼課也不想上。

M：為什麼呢？同學們欺負你了？

F：不是，我覺得上中學以後，一切都變了。同學們好像都不太喜歡我，也不怎麼和我說話。

M：中學是和小學不一樣了，科目多了，同學們都很忙，不能像小學那樣一直玩。但這不代表他們不喜歡你。

F：可是，上課老師問問題，我不會回答，他們會笑我。

M：不會回答問題是正常的，每個人都有不會的問題。同學們笑也許沒有惡意，你不要放在心上，重要的是應該想著怎麼把功課做好。

F：好的，我試試看。我先溫習功課去了，謝謝老師！

聽力二

觀眾朋友們，大家好！歡迎收看本週的《新聞早知道》，下面我們來看一則關於"逃學王變學霸"的校園新聞：

曾經多次因逃學導致考試不及格而差點兒被學校開除的"逃學王"許佳龍，被熱心女教師成功轉化為學霸，在今年期末考試中取得了所有科目全部是 A 的好成績。

許佳龍上中學時父親坐牢，家裏經濟困難，母親身體狀況不佳，不支持他讀書，所以他經常曠課，待在家裏不是看電視就是玩兒電腦，導致中一重讀一年。

中一年段長陶小樂老師了解到許佳龍的家庭問題後，覺得不能放棄任何一個學生。她堅持每週上門做家訪，成功鼓勵"逃學王"回校讀書，並利用課餘時間幫他補課。

是什麼原因讓陶老師這麼熱心地幫助學生呢？陶老師和我們的記者分享了她開導許佳龍的心得。

"我自己年輕時也有相同的經歷，家裏經濟困難，不得不輟學在家做家務，幫忙照顧弟弟妹妹。但當時我的班主任對我不離不棄，説服我母親讓我回學校讀書。沒有她的堅持，我也不可能成為老師。我覺得我要把班主任這份真誠的愛心傳遞下去，所以我才會花很多時間和許佳龍談心，分享我的成長經歷，也讓他明白逃學後果的嚴重性。"

訪談中，陶老師希望有類似家庭問題的學生不要輕易放棄自己。她也會和其他老師一起發起"一個也不落下"的助學計劃，積極挽救問題少年。除了辦講座、定期家訪、幫助解決經濟問題外，老師們也會帶這些問題學生出國交流，讓他們看看外面的世界。這樣，學生們對未來會有更多的期待。

第二課

聽力一

錄音一

M：同學，你好！請問你的愛好是什麼？

F：我的愛好有很多，唱歌、跳舞、下棋、爬山等等。

M：那這些愛好中，你最喜歡哪一個？或者你認為最重要的是哪一個？

F：當然是跳舞啦。

錄音二

M：一香，我今天數學考試沒有及格，我擔心會被媽媽罵，就把原來的分數 9 分改成了 90 分。我原來以為媽媽那麼忙，肯定不會注意看，沒想到她一下子就發現了，把我痛罵了一頓。我一時傷心，就跑出來了。我準備離家出走，去朋友家住幾天，讓媽媽也著急一下。你覺得我這個主意怎麼樣？

F：這樣做不對，你應該找你媽媽好好談談！

錄音三

F：康康，走，跟我們去看電影吧！

M：我下午要學日語，晚上還有語文和數學補習，沒時間。

F：真是個書呆子，除了讀書，你還會做什麼？

M：我還會看漫畫，呵呵，不過要偷偷看，被媽媽發現，就慘了。

F：真的嗎？那你看什麼漫畫書？跟我們分享一下。

M：《海賊王》。

錄音四

M：觀眾朋友們，大家好！現在播報新聞。新天地中學一位 13 歲的男孩，因為吸太多電子煙，導致肺部發炎，心臟病發作。男孩被家人送到醫院後，搶救無效死亡。我們要提醒青少年學生，吸煙有害健康。吸煙不但會阻礙腦部發育，使人腦反應遲鈍，還會影響身高和身體其他各方面的發育。

錄音五

F：聽眾朋友們，早上好！今天向大家介紹一部最近很火的網絡遊戲《街頭籃球》。《街頭籃球》要求玩家自己作為隊員直接參與比賽，每個玩家只能扮演一名隊員。這是一種多人參與互動的對戰遊戲，是一種很好玩兒的遊戲。

錄音六

M：多多，你好！感謝你接受我們的採訪。我們知道你是新加坡國家藝術體操隊的隊員，你能告訴我們為什麼你選擇藝術體操嗎？

F：藝術體操不但可以鍛煉身體，而且體操動作很優美，適合女孩子跳。

M：很多年輕人都覺得讀書很重要，大部分的時間都花在上課和補習上，為什麼你卻每天花四到五個小時進行訓練呢？

F：每天訓練四到五個小時，可以鍛煉耐力和吃苦的能力。另外，因為經常參加比賽，我們並不把成功與失敗看得很重要，我們更注重過程。這些能力對學習的幫助也很大。

M：那你平時有空的時候，都做什麼？

F：大部分的時間是做作業，我也上網看視頻，看漫畫，玩兒電子遊戲等。這些愛好可以幫助我減輕學習和比賽的壓力。

聽力二

M：陳小珍教授，您好！感謝您接受我們的採訪。根據數據顯示，2019 年全球 Z 世代人數超過其他時代的出生人數，達到最高峰。您能告訴我們什麼是 Z 世代人嗎？

F：Z 世代人指的是在互聯網時代出生的年輕人，通常是指 1995 年至 2010 年出生的人。

M：Z 世代人有哪些特點呢？

F：Z 世代人最普遍的特點是他們喜歡待在家裏，特別是 Z 世代的女生。這群人每天都離不開互聯網。在網上追星，自己設計表情包，不喜歡社交，和外界聯繫的主要方式是社交媒體。

M：最近研究發現，Z 世代青年中，有 34% 的人表示將永久離開社交媒體，64% 的人表示正在逐步減少使用社交媒體。這是什麼原因呢？

F：Z 世代青年開始討厭社交媒體並選擇離開。因為在臉書上，他們大多展示的是 "理想的我"，而在年輕人自己喜歡的平台上，展示的才是 "真正的我"。對於個性張揚、追求自由的 Z 世代青年來說，做真我，最快樂。因此，他們選擇遷移。

M：是的，Z 世代青年的社交方式與上一代人大不相同。他們在 Snapchat 上與好友聊天，在抖音上刷好友的短視頻動態，在網上與愛好相同的人群對話，尤其是遊戲玩家。那麼，他們的興趣愛好是什麼呢？

F：Z 世代青年最大的興趣愛好就是看漫畫，其次是看綜藝類節目，因為綜藝類節目具有參與和互動性。我們人類還是沒辦法脫離親戚朋友而獨立存在，所以綜藝類節目可以釋放他們社交方面的壓力。此外，他們也喜歡追星，看遊戲視頻等等。

M：那麼 90 後和 00 後的年輕人有什麼區別？

F：90 後愛幻想，而 00 後更具有創造力，經常活躍在各大興趣圈子裏。90 後喜歡閱讀、音樂。00 後的創造力體現在他們對科技、漫畫的偏愛上。

M：好的，謝謝陳教授接受我們的採訪。對於 Z 世代青年，大家都有什麼看法呢？歡迎在我們頻道下方的評論區留言討論。

第三課

聽力一

錄音一

F：同學你好！請幫我們做一份問卷調查，好嗎？

M：是什麼調查？

F：是關於家庭情況的調查，請問你有幾個兄弟姐妹？

M：我是獨生子。

錄音二

F：佳佳，公司臨時派媽媽去出差，媽媽等不到你回來和你說再見。我知道你一定很難過，可是每天只有一趟飛機飛往北京，如果媽媽今天不趕這趟飛機，就會耽誤很多事。媽媽做好了餃子，放在冰箱裏了，你要記得吃哦，照顧好自己。

錄音三

M：明天就是週末，你下班走得這麼匆忙，是急著去哪裏玩兒嗎？

F：玩兒什麼玩兒？每天被孩子的功課急死了！我晚上要去上補習班，快來不及了。

M：孩子讀書，你上補習班幹什麼？

F：只有去補習班，我才能知道我女兒在學校學什麼，好幫助她解決學業上的難題。

M：這麼好，在哪裏？

F：不告訴你。

錄音四

M：觀眾朋友們，大家好！現在播報新聞。昨天晚上，一位十三歲的小女孩因為考試不及格和父母吵架，離家出走，到現在還沒回家。小女孩離開家的時候，穿白色上衣、黑色褲子、白色球鞋，綁著馬尾辮，如果有觀眾看到這位小女孩，請向警察局報案。

錄音五

F：聽眾朋友們，早上好！今天向大家介紹一部最近很火的電視劇——《小歡喜》，電視劇真實地講述了父母為孩子準備高考的故事。劇中的父母把自己的願望強加給孩子，以愛的名義對子女提出很多要求，最後導致父母與孩子關係緊張。很多父母不明白為什麼自己為孩子付出了那麼多，孩子卻一點兒也不理解。

錄音六

F：老師您好！我是樂樂的媽媽，有一件事情想和您溝通一下。您能告訴我怎麼能讓我的孩子自覺地做作業嗎？

M：出什麼問題了？

F：樂樂每天都不做作業，我得每天看著他，逼著他寫，這樣下去，我也很累。

M：大多數的孩子不喜歡父母逼他做作業，您可以試著和樂樂一起制定學習計劃。

F：制定計劃有什麼好處呢？

M：讓孩子自己制定目標，孩子會更有參與感，而且當他們完成任務時，會更有成就感。不管孩子制定什麼目標，充分尊重並幫助他執行就好了。

F：好吧，我試試看，謝謝老師。

聽力二

各位網友，歡迎收聽 FM 95.3 心靈空間頻道，今晚的主題是《我該怎麼辦》。下面是我們收到的一位中學生朋友的來信，他在信裏這樣寫道：

主持人：

您好！今天是除夕，可我卻一個人在學校裏不想回家。

家，本是一個溫暖的地方，但爸爸媽媽的爭吵讓我對家產生厭惡，甚至想離家出走。以前看到爸爸媽媽爭吵我會哭，長大了就麻木了，也無所謂了。只要他們一吵架，我就躲到房間裏。久而久之，我也變得不願意和他們交流了。

其實，爸爸媽媽吵架，都是因為在對我的教育上意見無法統一，誰也不贊同誰的教育方式。每次他們吵架，我也不知道聽誰的，他們各說各的理由，而我也不知道誰對誰錯。正因為這樣，我變得誰也不相信，人也容易激動，人際交往就更別提了。當看見別人的父母帶著自己的孩子去旅遊時，我很羨慕，我只是要一個和和睦睦的家，為什麼就這麼難？俗話說，"家和萬事興"，如果一家人都不能和睦相處，那還是家嗎？

面對父母的不斷爭吵與相互指責，我總是感到恐懼與煩惱。有時候他們鬧不愉快，就會對我發火，導致我現在一點兒安全感也沒有。更糟糕的是，我對生活也失去了信心，對任何事物都沒有興趣，甚至會變得容易生氣，對家人也很冷淡。也許是因為得不到父母足夠的愛護和關心，我在學校也不能和其他同學和睦相處，經常和他們吵架。父母每次到學校開完家長會，就是另一場新的戰爭的開始。都說家庭對一個人性格的形成具有重要的影響，這句話是沒有錯的。

春節到了，學校放假四天，一想到這四天都要在家裏面對時常爭吵的父母，我選擇待在學校，不回家。到了晚上，我一個人站在走廊，看著校園的燈火，吹著晚風，卻開始想家了。我該怎麼辦？到底要不要回去？

好了，就寫到這裏，希望主持人和聽眾朋友能給我一些建議。

聽力一

錄音一

M：你好！請問去中文教室怎麼走？

F：從這裏直走，你會看到紅色的大樓，所有的中文教室都在那座樓。

M：我要去第二語言中文教室，具體應該去幾樓呢？

F：上七樓，教室外面有京劇臉譜，很好找。

錄音二

M：同學們好！今天的中文作業很簡單，請大家先複習一下課文，然後把課文朗讀三遍，記得錄音，發到微信上。老師會在星期天下午三點開始檢查作業，朗讀錯誤的字，一個字抄五遍，切記。請認真完成作業。祝大家好運！

錄音三

M：你最近中文課上得怎麼樣？

F：我的中文老師很有趣，每天帶著我們玩兒遊戲，我們都在遊戲中學習，這個週末她還要帶我們去中文城學漢字呢。

M：真的嗎？我可以報名參加嗎？

F：不好意思，只有我們班的同學才可以去。

M：沒關係，我去找我的中文老師，請求她也帶我們去。

F：好的，祝你好運！

錄音四

M：觀眾朋友們，大家好！現在播報新聞！為鼓勵中文能力較弱的學生多講中文，香港新華小學的李老師製作句卡讓學生帶回家朗讀給父母聽。談及這項計劃的目的，李老師說："學習語言的關鍵是讓孩子有成就感而不是挫敗感，目的是鼓勵學生多說中文。"

錄音五

F：聽眾朋友們，早上好！歡迎關注 2021 年《與聲劇來》中文廣播劇創作比賽。此次比賽由華文學習推廣委員會主辦，目的是提高學生學習華文的興趣，鼓勵學生進行中文廣播劇創作。參賽作品可以採用以下任意一個創作主題：校園生活、我最喜歡的一節中文課、我最喜歡的一部作品。請大家在 2021 年 12 月 8 日前將參賽作品通過電郵發給華文學習推廣委員會。

錄音六

M：今天我在國家圖書館看到一本《寫字練習本》。

F：小丁，現在科技發達了，輕輕一點，你要的中文字就立刻出現在眼前。誰還寫字？

M：但是，你有沒有發現，沒有電腦的時候，要寫的字，想不起來，想起來又寫不出來。不知道是不是因為我們過於依賴科技產品。

F：可是寫字也太無聊了。

M：不會無聊的，通過《寫字練習本》，學生可以了解不少生活常識。

F：問題是我們學習都很忙，哪有時間練習寫字？

M：如果能花一點兒時間練習寫字，不但會增加學習中文的熱情，還會慢慢喜歡上中國文化，更是一種藝術的享受呢！

F：說起來容易，做起來難！

聽力二

學習中文的外國人一定想知道，為什麼中國人使用漢字而不用拼音字母呢？這要說到中國漢字的發展史，不管哪一種文字，最早都是從圖畫開始的。由於口頭語言受時間和空間的限制，人們就產生了把自己的話記錄下來的想法。比較容易的辦法就是畫圖。可是，並不是每個人都會畫畫，那怎麼辦呢？人們就把圖畫簡化，變成了線條。這樣，畫出來的圖就越來越不像畫了，反而變成了一種符號，這就是象形字。另外，因為漢語在語法上沒有詞形變化，所以漢字比拼音字母更適合漢語的表達。這就是為什麼中國人不用拼音字母，而一直使用漢字的原因。

很多外國人說，漢字比拼音字母難。其實這話說得不對，如果他們知道漢字是怎麼造出來的，知道漢字的規律，就不會這麼認為了。古代中國人造字主要有以下四種方法：

一、象形，就是從圖畫發展來的。如"月亮"的"月"，看起來就像月亮。

二、指事，就是用象徵的辦法來表示意思。比如"天空"的"天"，一橫在人的頭上，表示天。

三、會意，就是把幾個字合起來，形成新的意思。比如"休息"的"休"，就是人在樹下，表示休息。

四、形聲，就是把表示意思的形旁和代表發音的聲旁合在一起。比如"罵人"的"罵"，"口"是形旁，表示和嘴巴有關係，"馬"是聲旁，表示發音。

有人說英文只有 26 個字母，很好寫，漢字太難寫。這樣說也不對，因為字母並不是詞，而漢字在古代是詞，現在仍然差不多每個字都有意義。所以字母不能跟漢字相比。漢字是由筆畫組成的，字母實際上跟筆畫差不多。漢字筆畫的數量跟英文字母相近，不同的是，英文一個字母一個字母地從左向右寫成一個長條，漢字要上下左右地寫成一個方塊。當然，有的漢字筆畫很多，確實比較難寫。但現在中國對一部分難寫的漢字進行了簡化，簡化後的漢字稱為簡體字，原來的漢字叫繁體字。簡體字有利於初學者學習，也有利於提高廣大人民的文化水平，因此深受大家歡迎。

第 五 課

聽力一

每一種語言，都是一種身份的認同。當你講著同一種語言時，你會覺得自己屬於這個語言的群體，而且很有安全感。但是每個集體，都有一個邊界，這個邊界把一些人包含在內，同時把一群人排除在外。

所以，想要融入一種新文化，最快的辦法，是掌握他們的語言。比如，能流利地用中文交流的外國人，會很快贏得中國人的好感。反之，在美國生活了幾十年卻不能用英文交流的人，也容易受到歧視。

很多做生意的華人，不願花力氣去好好學英文，在他們看來，沒有必要融入新文化。可是，一旦你要和本地人發生交集，講英文會對你有很大的幫助。

文化差異是永遠存在的，英文能在兩種文化之間架起一座溝通的橋樑。我們常抱怨自己被歧視，卻不喜歡自我反思：我的語言是否達到了流利的程度？我是否能在兩種文化間熟練地表達自己？

俗話說"入鄉隨俗"。既然選擇離開自己的祖國，來到了異國，就應該努力融入異國的語言文化，這對提升自身的生活質量是有益的。否則語言就是無情的圍牆，隔離了你和當地人的交流。

其實在國內也一樣。都是中國人，大家長相差異不明顯，但一開口，口音就"出賣"了你，於是彼此就在心裏分了高下。

歧視無所不在，而作為被歧視的一方，如何應對和減少歧視，除了抱怨，更需要積極主動的行動和努力。

聽力二

在中國學習漢語的外國學生常常對這樣一個事實感到奇怪，那就是中文老師教的普通話並不是中國各地廣泛使用的語言。當地方言和口音的流行，使得大多數人在日常會話中很難講標準的普通話。那麼如果要去中國學習漢語，怎樣才能學到標準的普通話呢？以下幾個方法你可以試一下。

方法一：

去中國的大城市居住一段時間，練習你的普通話。例如，在北京和上海，儘管有當地的口音和方言存在，但來自不同省份的 1000 多萬外地人必須説標準的普通話才能相互溝通。

方法二：

也可以到一些中國城市裏的大學尋找短期課程。大多數大學生都會講標準的普通話。選擇好的大學不但可以幫助你找到練習口語的理想環境，而且在回國以後，還可以和他們繼續聯繫，通過網絡聊天練習普通話。

方法三：

可以找一些熱門的景點去旅行，如雲南的麗江、江蘇的烏鎮、廈門的鼓浪嶼等。在這些旅遊景點，你可以結識來自中國各地的人。他們的普通話雖然有口音，但也給你提供了練習聽懂不同口音的好機會。講一口標準的普通話雖然很重要，但聽懂和適應不同口音的普通話也很重要。

注意事項：

有些人會選擇台灣、香港作為學習中文的熱門地點。但需要注意這兩個地方的書面文字是繁體中文，與中國內地的簡體字有很大不同。台灣的"國語"和中國內地的普通話比較接近，但台灣的口音往往更柔和。

還要注意中國的一些方言，如廣東話、上海話和閩南話，與普通話非常不同，就算會講一口流利的普通話，對你理解這些方言也沒有多大幫助。

第六課

聽力一

據新加坡《聯合早報》報道，當地時間 10 月 22 日，新加坡總理李顯龍在"講華語運動"40 週年慶典上指出，新加坡的雙語優勢正在減弱，新加坡人要加倍努力學習華語，把華語融入到日常生活中，必須想方設法保持新加坡華語的活力和獨特之處。

他説："目前，大多數的年輕人都聽得懂華語，也會講華語，但説得不太流利。我們必須清楚地認識到，新加坡的雙語優勢正在相對減弱。世界各地的人正在積極學習華語，並且有不少人能説一口流利的華語。他們都知道，如果要在中國工作，與中國人打交道，把握住中國發展所帶來的商機，就必須學好華語。"

李顯龍鼓勵華人家長在家裏多和孩子講華語，讓他們從小開始學習華語。

講華語運動 2019 年的口號是"講華語，我也可以"，主辦方挑選出新加坡"雙語專業達人"，通過他們在中國闖蕩，並掌握雙語、雙文化的故事，激勵新加坡華人敢於學習和使用華語。

新加坡政府為了鼓勵年輕人學習華語，專門請李顯龍總理親自出來做宣傳，可見國家對講華語運動的重視程度很高。這樣的宣傳肯定能説服很多年輕人學習華語。不過，我們也應該看到，新加坡年輕一代學習華語雖然有一定的雙語基礎，但是也面臨著很多挑戰，比如日常生活中缺乏使用華語的環境和機會。另外，新加坡人對自己的華語水平也缺乏信心。

聽力二

老人花錢買不適

2021 年 4 月 4 日王小新報道

今天，杭州的一位老人到警察局報案，説他被騙了 11000 元，希望警察幫他把錢找回來。老人説，一個假裝是"社區家園"的工作人員向他推銷了一種能"治百病"的營養品，他花錢購買後，吃了一段時間，身體不但不見好，反而出現了問題。

警方通過調查發現，"社區家園"的工作人員到街上尋找老人，先發免費送禮的宣傳單，以"社區家園"的名義騙老人説他們與當地居委會合作，吸引老人到他們所在的地方聽免費的"健康講座"。然後，他們每天給老人免費送大米和小禮品，假裝關心他們，還不時為老人舉辦生日晚會等"關愛"活動，取得老人的歡心和信任。"社區家園"發現老人信任他們之後，就開始宣傳他們的產品是多麼好用，讓老人花大價錢購買。

根據調查，大部分的受害者都是"獨居老人"。一些老人由於沒有子女親人在身邊，沒有人關心，一旦有外人給予關懷和溫暖，就很容易被打動，產生信任和感情。也正因為如此，他們往往自願給對自己好的人花大價錢。一些老人在發現上當受騙後很後悔，但他們不敢告訴家人。有一位 87 歲的老婆婆，本身沒有收入，靠女兒生活，被騙後，因為擔心被女兒罵，不敢回家睡覺，而在鄰居家過夜。

這些騙子就是利用老年人身體不好、渴望健康的心理，開設健康講座，而老年人知識水平不高，分不清好壞，通常別人說什麼就信什麼，因而老年人，特別是獨居老人，很容易成為騙子的主要目標。

警方提醒廣大市民，多關心家中老人，讓他們感受到家庭的溫暖和社會的關愛，引導他們培養科學健康的生活方式。廣大老年人也要增強自我保護意識，不要輕易被騙子的花言巧語和宣傳所騙。

第七課

聽力一

F：你好，林景飛！你守護長城多久了？

M：我從 1978 年就開始守護長城，至今已經四十四個年頭了。很多人叫我長城的"活地圖"，實際上，我真正的身份是一名長城保護員。

F：你在大學學的是什麼專業？和保護長城有關係嗎？

M：我父親想讓我做醫生，可是我對文物保護有興趣。所以，剛上大學的時候，我學的是醫學，讀到第二學期，我意識到文物古跡才是我真正喜歡和想學的，最後就轉到考古系，學文物保護。

F：能說說你的主要工作是什麼嗎？

M：每天會沿著長城邊查看，及時發現長城是否有被破壞，對有裂縫的城牆要進行拍照和處理。我們每人要守護二十餘公里的長城，來回要走四十多公里的山路。不管是颱風還是下雨，我們都會出去守護長城。

F：為什麼要守護長城呢？

M：長城是中華民族自強不屈、珍愛和平的精神象徵，也是中華民族的文化遺產。長城的修建跨越十二個時代，總長度超過兩萬一千公里，是人類歷史上最宏偉壯麗的建築奇跡和文化景觀。關注長城保護，有助於了解傳統文化。守護長城是每一個中國人的責任與義務。

F：你覺得你的工作辛苦嗎？

M：雖然每天風吹日曬，但是長城已經變成了我生活的一部分。每天走在長城上感覺都不一樣，我看到的牆，摸著的磚，都已經成了自己的老朋友。長城有生命，我能跟它對話。只要一跟它說話，心裏就踏實了。

F：作為長城守護者，你最大的收穫是什麼？

M：這些年的工作鍛煉了我的韌性、毅力，讓我變得更加堅強了。每次登上長城都會有種自我解放的感覺，我深深地被長城精神所感染。

F：在守護長城的時候，會碰到一些不文明的現象嗎？

M：不文明的現象很多，比如有些人會在石頭上刻上："某某某到此一遊"。這是讓人最心痛的，因為長城上的每一塊石頭都是中國古代人民靠手一點點地搬上去的，非常辛苦。

F：作為一名長城守護者，你最期待的是什麼？

M：長城是我們國家的象徵和驕傲。同時，長城的旅遊開發可以拉動經濟增長，也能讓老百姓過上好日子。守護長城雖然辛苦，但意義重大！我現在經常帶著我的兒子和孫子走長城，讓他們都熟悉熟悉。等我走不動了，希望孩子們能把這份事業傳承下去。

聽力二

觀眾朋友們好，歡迎收看每週六的《我來說一句》，今天我們要關注的是風景名勝。每年五一勞動節和國慶節，老百姓都會到各地的風景名勝去參觀遊玩。據統計，全國各地的景區在這兩個節假日就迎來成千上萬的遊客。看到經濟收入的增加，人們更是想方設法擴大對風景名勝的開發，這對風景名勝到底是利是弊呢？我們來採訪一些遊客。

主持人：你們好！你們四位對開發風景名勝這件事怎麼看呢？

遊客 1：隨著旅遊業的發展，很多地區都對風景名勝進行了開發，這為風景名勝的發展帶來生機和活力，增加了當地的收入，使當地有更多的資金來對風景名勝進行維修和改造。

遊客 2：我覺得不好，風景名勝應該以自然美為主，而不是為了遊客遊覽，人為地製造出一些景點。這些人造景點不僅破壞美感，還會給生態環境造成污染和損害。

遊客 3：我也覺得不好，過度開發風景名勝，會破壞視覺美感，比如在風景區內修公路、建酒店的時候會砍樹開山，這將破壞很多植物，使自然資源遭到破壞，而且這些建築和自然景觀不和諧，也破壞了美感。

遊客 4：大量的遊客進入風景名勝區，會干擾野生動物的生活環境，同時造成大氣污染、水污染、噪音污染等。很多遊客的不文明行為，比如亂扔垃圾、踩草地等都會影響風景名勝區內植物的生長。

主持人：那麼你們對保護風景名勝有什麼建議嗎？

遊客 1：可以改善交通，縮短遊客在景區的時間，也可以限制遊客的數量，減輕景區的壓力。

遊客 2：可以加強對公眾的教育，通過宣傳教育來提高公眾的環境保護意識。

遊客 3：在規劃景區的時候，要考慮到建築物和自然保護區的協調，儘可能不要破壞自然環境，也還給動物一個安靜的生存空間。

遊客 4：可以考慮讓住在景區的居民搬出景區，這樣可以緩解景區的壓力。

第八課

聽力一

F：陳小皇局長，您好！中國的五一黃金週就要到了，今年您估計會有多少人出國旅行呢？

M：現在人民的生活水平提高了，出國旅遊的人也多了，今年估計會有 2.46 億人出國旅行。

F：不會吧！

M：中國人喜歡出國旅遊是想去其他國家體驗異國風情，走出家門去看看這世界的美好。不同的國度，不同的種族，讓出國遊充滿了新奇感。當然，也有很多人出國是為了買東西，享受美食。

F：你認為旅遊時要注意什麼？

M：旅遊過程中要注意飲食和交通安全；行程中避免單獨行動。旅程中儘量使用信用卡，不要帶大量現金。旅行不管是去看美景，還是去買東西，都要在享受旅途的同時，做一名合格的遊客，要做到文明旅遊。

F：什麼意思？

M：出國旅遊，代表的是一個國家人民的形象，要時刻注意自己的行為。所以文明旅遊很重要。它包括旅行時不大聲說話，不亂扔垃圾，不到處亂寫亂畫。特別是拍照的時候，要先經過人家的同意。另外，不要在危險地段拍攝，要注意安全。

F：旅遊局在文明旅遊方面會做哪些宣傳呢？

M：通常我們會要求每個導遊在出國旅遊之前，對遊客進行文明教育。也會發一些宣傳單給遊客，或在旅遊網站上放一些標語，時刻提醒遊客出國要注意文明旅行。

F：這樣也可以？

M：有用，最明顯的改變就是亂丟垃圾的習慣，以前看到遊客教育孩子不要亂丟垃圾時，只是簡單地說一句，"垃圾要丟進垃圾桶喲"，或者父母自己撿起來。而現在看到更多的是，父母告訴孩子，"寶寶，自己把垃圾撿起來丟進垃圾桶裏，阿姨們打掃衛生也很辛苦的"。哪怕是很小的孩子，父母都讓孩子自己動手丟垃圾。另外，看到孩子調皮，多拿了宣傳單，也不需要我們提醒，父母就會教育孩子，不要多拿，這樣是浪費。"父母是孩子最好的老師"這話說得真好，每一件小事都是文明旅遊進步的體現。

F：除了對旅客進行文明教育外，在服務國內遊客方面你們都會做什麼？

M：在國內，我們也進行文明教育，同時注意改善旅遊環境。比如我們會要求每個景點設立遊客諮詢服務台、教育宣傳廣告屏、吸煙室，以及提供雨傘、熱水等服務。今年五一，遊客到不同景點旅遊一定會感到非常舒適。為了實現文明旅遊，我們要求各個景區控制門票數量，通過網絡訂票，每日限量兩萬張，避免遊客太多，影響旅遊體驗。

聽力二

隨著生活水平的提高，人們對旅遊體驗的要求越來越高。最近在人群中悄悄流行起了一些旅遊新方式：旅居、慢遊、自駕遊……這些你都聽過嗎？想要去體驗嗎？

今天就和大家聊聊正在悄悄流行的旅遊新方式。

旅遊新方式一：旅居

什麼是旅居？簡單地說，就是在旅遊的同時花更長的時間在當地居住，以一種新的生活方式在遠方安家。相對於走馬觀花式的旅遊，旅居更加適合中老年朋友。遊客不用趕時間，可以在一個城市停下來慢慢感受。哪裏舒服就住哪裏，花上半個月或一個月的時間，看風景、嚐美食，自由自在，既能健康養生，安心養老，又可以出門遊玩，開闊視野。

旅遊新方式二：慢遊

慢遊，也就是像蝸牛一樣慢慢地走，以徒步的方式，"走進"世界各地的風景中，而非快速地觀光。若有很多屬於自己的時間，完全可以約上幾位朋友去慢遊，放慢腳步，用身心感受當地的美好。也可以與一群知交老友們，買一塊地，建立俱樂部，有共同的書房、食堂，還有活動場地，能夠每天一起做飯、吃飯、洗衣等，增加人與人交流和接觸的機會。人活著，最幸福的事情莫過於和愛人、最好的朋友一起慢慢變老。

旅遊新方式三：自駕遊

現在很多人喜歡開車外出旅行，體驗時尚的旅遊方式。自己開車旅行，基本上就是想走就走，想停就停，非常自由，所以很受自由行人群的歡迎。遊客不用擔心在路上浪費太多時間，也不用擔心錯過了想看的風景。計劃好出行路線，訂好住處，就可以出發了。

目前很多朋友都愛選擇自駕遊，一路上風景優美，自由自在。但不是每一個人都適合這種方式，旅途上可能會碰到一些困難，一定要根據自己的身體狀況決定是否進行自駕遊！

每逢放假，我都會回到農村的家裏住上幾天。早晨的時候，我會和朋友一起去田裏跑跑步，因為農村早晨的空氣特別新鮮，而且在田間跑步，你從來不會感覺到擁擠。在農村，每個人都很辛苦地種地，儘管每天忙忙碌碌，但他們總是很開心，好像沒有什麼煩惱似的。就是這樣的心態感染了我，使我很喜歡在農村生活，喜歡農村的大樹，喜歡農村的鳥語花香，喜歡自己曾經走過的一條條鄉間小路。

農村人是以種地為生的，每年都是春天播種，秋天收穫。農村人的院子裏會種一些瓜果和蔬菜，平時要吃的話，馬上就可以摘下來，不用出去買。這樣既省錢又方便，而且還很健康。冬天的時候，他們會曬點菜乾過冬，最常曬的菜乾是土豆、蘿蔔、白菜等。

在農村，人們如果不種地的話，就去城裏打工賺錢，過幾個月回家和親戚朋友一塊兒打打麻將，喝喝小酒，生活也是美滋滋的！如果天氣好，出太陽的話，人們通常會搬個椅子在家門口曬曬太陽，喝喝茶，吃吃瓜子。不一會兒，就會有好多人聚集在一起，聊聊天兒，說說八卦。要是天冷不想出門的話，就往床上一鑽，一邊吃瓜子一邊看電視節目，非常舒服。這是我最喜歡在農村生活的原因，人與人之間有親切感，一點兒也不陌生。

雖然農村不如城市那麼繁華，但是農村比城市多了一份安靜，這是城市人特別嚮往的。很多農村人總是想著到大城市去奮鬥，希望不久的將來，在城市裏能擁有一個屬於自己的家，讓自己的下一代享受良好的教育。然而，在我看來，農村還是最美麗的地方！農村的天空永遠是乾淨的，像湖水一樣清澈。因為這裏沒有工廠排出的廢氣，也沒有汽車尾氣，更適合人類居住。很多城裏人都想在郊區買一套屬於自己的房子，在房子四周種上樹木花草，因為他們想要感受在農村居住才能擁有的清新的空氣和安靜的環境。與其這樣，還不如一開始就不要離開農村生活呢。

尊敬的編輯：

您好！我是一名從鄉村考入北京的大學生。過去的幾年，我努力讀書，終於考上了北京大學。來北京之前，鄉村裏的人都說，一定要去城裏看看，那裏是天堂。大學畢業後，我在北京找到了工作，並且住了下來。我本以為可以過上好日子，可是，事實並非如此，我覺得很失望，因為我不但沒有體會到城市生活的美好，反而覺得自己失去了很多。

首先，在城市生活，我的身體開始出現健康隱患。隨著私家車數量的增加，空氣污染已成為在大城市生活的一個不可忽視的問題。另外，城市也改變了我的生活方式。由於職場競爭激烈，工作壓力大，我不得不從早工作到晚，有時候還要加班到半夜，我覺得好累呀！而且這種生活方式是不健康的，長期如此一定會傷害身體。

其次，由於房價太高，我只能在離市中心很遠的地方租房子。我每天來回要花四個小時坐公交車和地鐵。每天奔波勞累，使我失去了快樂。辛辛苦苦賺的錢，在這個城市根本無法買一套房子。生活壓力這麼大，讓我覺得很無助。

在城市裏呆久了，我內心的世界變得越來越小，情感也越來越淡漠。我自己都顧不了自己，怎麼有時間和精力去關心他人或者去參加什麼社區活動呢？

在城市中生活，我們到底失去了什麼呢？我認為我們失去了真正的快樂，失去了生活中真正有價值的東西，而我們擁有的恰恰是城市生活給我們帶來的痛苦和煩惱。

我實際上已經變成了生活的奴隸。我開始反省自己，我覺得只要擁有簡單的生活就好，也許回到鄉村生活才是我應該做的決定。

王軍

2021 年 11 月 1 日

FUTURE

責任編輯 郭 楊 席若菲

書籍設計　吳丹娜

排　版　楊　錄

掃描二維碼或登錄網站 www.jpchinese.org/future1 聆聽錄音、下載參考答案。

Scan the QR code or log in to listen to the recording, and download the reference answer.

書　名	展望 —— IGCSE 0523 & IBDP 中文 B SL（課本一）（繁體版） *Future - IGCSE 0523 & IBDP Chinese B SL* (Coursebook 1) (Traditional Character Version)
編　著	吳星華
出　版	三聯書店（香港）有限公司 香港北角英皇道 499 號北角工業大廈 20 樓 Joint Publishing (H.K.) Co., Ltd. 20/F., North Point Industrial Building, 499 King's Road, North Point, Hong Kong
香港發行	香港聯合書刊物流有限公司 香港新界荃灣德士古道 220-248 號 16 樓
印　刷	中華商務彩色印刷有限公司 香港新界大埔汀麗路 36 號 14 字樓
版　次	2024 年 6 月香港第一版第一次印刷
規　格	大 16 開（215 × 278 mm）248 面
國際書號	ISBN 978-962-04-5455-4

©2024 Joint Publishing (H.K.) Co., Ltd.

Published in Hong Kong, China.

封面圖片 ©2024 站酷海洛

部分內文圖片 ©2024 站酷海洛

pp.8,14,18,30,36,41,52,60,114,165,169,180,187,191,204

部分內文圖片 ©2024 有禮有節

pp.158

All rights reserved. No part of this book may be reproduced, stored in a retrieval system, or transmitted, in any form or by any means, electronic, mechanical, photocopying, recording or otherwise, without prior permission in writing from the publisher. E-mail: publish@jointpublishing.com

This work has been developed independently and is not endorsed by the International Baccalaureate Organization.